패 왕의 별

패
왕
의
별

1판 1쇄 찍음 2014년 7월 2일
1판 1쇄 펴냄 2014년 7월 7일

지은이 | 강호풍
펴낸이 | 정 필
펴낸곳 | 도서출판 **뿔미디어**

편집장 | 이재권
기획 · 편집 | 윤영상
편집디자인 | 김병희

출판등록 | 2002년 9월 11일 (제081-1-132호)
주소 | 경기도 부천시 원미구 상동로 117번길 49(상동) 503호 (우)420-861
전화 | (032)651-6513 / 팩스 032)651-6094
E-mail | bbulmedia@hanmail.net
홈페이지 | http://bbulmedia.com

값 8,000원

ISBN 979-11-315-2570-8 04810
ISBN 979-11-315-2568-5 04810 (세트)

패
왕
의
별

2

강
호
풍　신
무
협　장
편　소
설

뿔미디어

목차

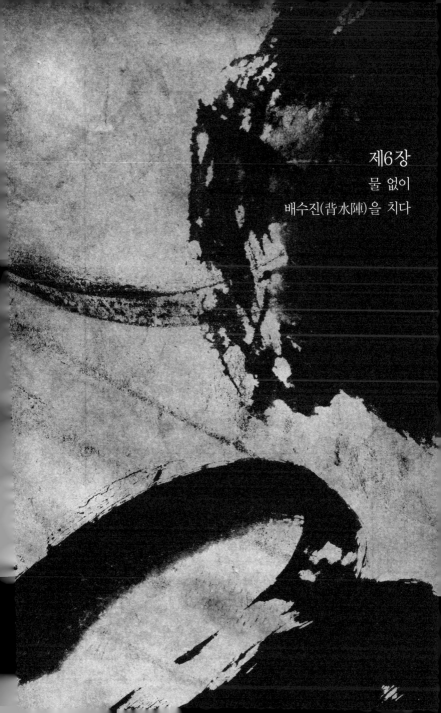

제6장
물 없이
배수진(背水陣)을 치다

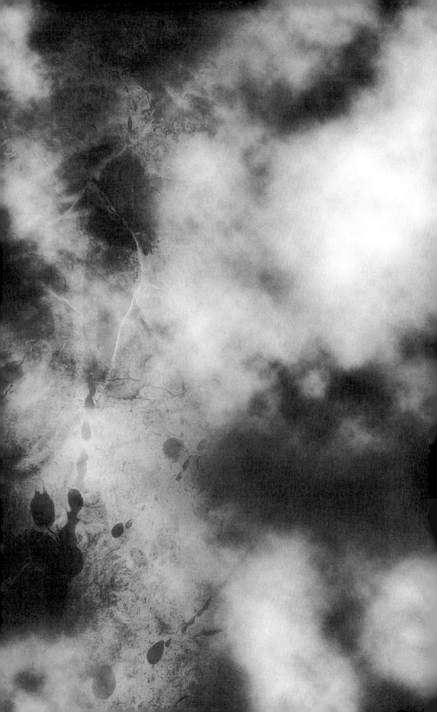

1

　사조, 오조의 육십 무인들이 모두 당황스러운 표정을 짓자 천류영은 멋쩍고 미안하다는 얼굴로 헛기침을 했다.

　"흠, 흠흠. 뭐, 겁쟁이라고 욕하셔도 됩니다. 제가 여기서 도움이 된다면 뭐라도 해 보겠지만…… 오히려 방해만 될 것 같아서……."

　천류영의 얼굴이 붉어졌다.

　그가 비록 무공을 익힌 무림인은 아니지만 어쨌든 사내였다.

　모두가 목숨을 걸고 이 자리를 지키겠다고 결의를 다지는 중에 홀로 빠지겠다는 말을 하는 것은 결코 쉬운 일이 아니었다.

독고설이 손으로 제 이마를 탁 치고는 입을 열었다.

"아니, 그게 아니에요. 오히려 우리가 미안해요. 흑랑대주에 관해 몰랐던 것을 알게 되니 긴장해서…… 잠깐 당신을 잊었어요."

조전후도 맞장구를 쳤다.

"미안하군. 저들이 나타났을 때 자네부터 챙겼어야 했는데."

천류영이 어깨를 으쓱하며 여전히 미안한 얼굴로 말했다.

"이해해 주셔서 감사합니다."

독고설이 오조의 한 수하를 지목하며 말했다.

"이분을 본 가까지 안전하게 모셔 가 주세요."

그녀의 말에 천류영이 손사래를 쳤다.

"아닙니다. 저 혼자서 가도 괜찮습니다. 흑랑대주가 그렇게 강하다면, 그리고 생각보다 많은 적이 오고 있으니…… 한 명이라도 여기에……."

천류영이 말을 흐리며 이맛살을 가득 찌푸렸다. 불길한 가정(假定)이 그의 뇌리를 스치고 지나갔다. 천류영은 곧바로 정색하며 조전후를 향해 말했다.

"한 가지만 여쭙겠습니다."

조전후는 의아한 기색으로 천류영을 보았다. 한시라도 부리나케 물러나야 할 천류영이 눈을 빛내며 자신을 보았다.

평범한 얼굴에 어울리지 않는 비범한 눈빛.

"뭔가?"

"흑랑대주가 정말 그렇게 강하다면…… 얼마나 버틸 수 있겠습니까?"

천류영의 질문에 모두의 얼굴이 찌푸려졌다. 조전후 역시 미간을 접고는 말했다.

"싸워 보지 않고 어찌 알겠나? 주어진 상황에서 최선을 다할 뿐이지. 다만…… 우리는 동료들이 이곳으로 올 때까지 목숨으로 버틸 것이네."

모두가 당당하게 고개를 끄덕였으나 천류영은 고개를 저었다.

"마교의 지원군을 예상하고 여러분들을 예비부대로 편성한 건 접니다. 하지만 저는 지금 두 가지를 오판했음을 알았습니다. 지원군이 짐작한 인원보다 훨씬 많고, 흑랑대주 역시 예상보다 강하다는 것을 알게 되었지요."

천류영은 말을 하면서 역시 천마검이라는 생각을 했다.

백운회는 사태의 엄중함을 뒤늦게 깨달았다. 그러나 그는 어쩔 수 없다고 포기하지 않았다.

흑랑대주가 이끄는 이백의 흑랑대.

그건 천마검이 사천 분타를 얻은 절반의 승리로는 만족하지 않는다는 반증이었다.

어쩌면 저 뒤에 또 다른 지원군이 온다면? 그 지원군을 이끄는 장수가 천마검이라면?

천류영은 생각만으로도 오싹해졌다.

가능성이 높은 것은 아니다. 그러나 용의주도하면서도 과감한 결단력을 가진 천마검이라면 그런 선택을 할 수도 있었다.

그렇다면 아군에게는 최악의 결과가 도래할 것이다.

무적검 한추광이나 독고가주의 무위를 믿고 싶었지만 그건 확률 낮은 도박이라는 결론이 나왔다.

한추광은 향후 정파무림을 이끌어 갈 인재지만, 천마검은 이미 대종사급의 절대자였다.

장수의 질도 그렇지만 수하들도 문제.

수적으로 아군이 우세해도 태반이 상당한 체력을 소진한 상황이다.

저들이 만약 아군을 돌파한다면 무너지는 건 한순간일 수 있다.

독고설이 끼어들었다.

"하고 싶은 말이 뭐죠?"

"예상했던 것과 다르게 상황이 변화하고 있습니다. 그런데 기존의 전술을 그대로 가져간다는 것은 어리석은 짓이란 뜻입니다."

육십 예비부대가 달려오는 흑랑대를 흘낏거리며 천류영의 입을 주시했다. 뭔가 묘책이 나올 것 같은 기대감을 가지고.

그는 지금까지 단 한 번도 자신들을 실망시키지 않았다.

독고설 역시 눈을 반짝이며 그의 다음 말을 재촉했다.

"그래서 어떻게 하고 싶다는 말이죠?"

천류영이 말했다.

"튀어야 합니다."

"예?"

"도망갑시다, 어서!"

조전후가 우락부락한 얼굴을 더 험상궂게 만들며 외쳤다.

"지금 우리 보고 적에게 등을 보이란 말인가?"

그의 서슬 퍼런 위압감은 주변의 아군까지 기가 질릴 정도였다.

그러나 천류영은 이를 악물고 등허리를 꼿꼿이 폈다.

"물론 싸우게 될 겁니다. 하지만 여기서는 아닙니다."

"그 무슨 궤변인가?"

"만약 여러분이 제대로 버티지 못하면 어떻게 되겠습니까? 산 사이의 이 샛길로 저들이 들이닥치면 안에 있는 아군은 전열을 재정비할 시간도 없이 습격을 받게 되는 겁니다. 그때까지 적의 잔당이 버티고 있다면…… 잔당들은 마지막 삶의 희망을 보고, 없던 힘까지 쥐어 짜낼 겁니다. 그야말로 아수라장이 된단 말입니다!"

"……!"

"그리고 만약 저 지원군 외에 또 다른 지원군까지 온다면 우리의 피해는 상상을 초월하게 될 것이 자명합니다. 우리에게도 이차, 삼차의 충격파가 오게 되는 것이지요."

천류영은 초조한 기색으로 점점 더 다가오고 있는 흑랑대를 보며 거듭 말했다.

"묻겠습니다. 저들을 맞아 일각 아니, 어쩌면 이각을 반드시 버틸 수 있습니까? 무인의 자존심으로서 대답하지 마시고, 저 안에서 아직도 싸우고 있는 동료들의 목숨을 담보로 대답해 주십시오. 만약 그렇다고 장담하시면…… 저만 물러나겠습니다."

조전후를 비롯한 육십 예비부대가 모두 입술을 깨물고 답하지 못했다.

천류영의 서늘한 말이 곧바로 이었다.

"흑랑대주의 고강함과 수하를 사랑하는 마음은 방금 야차검께 잘 들었습니다. 저들은 지금 저 안에서 싸우다 쓰러져가는 흑랑대 동료들을 구하기 위해 눈에 핏발이 섰을 터! 일각이 아니라 반 각도 우리는 버티지 못할 수 있습니다.

그럴 가능성이 없다고 하늘에 맹세할 수 있습니까?"

조전후는 그렇다고 말하고 싶었다.

그러나 천류영의 질문은 저 안에서 싸우고 있는 동료들의 목숨을 담보로 한 것이니 쉽게 답할 수 없었다.

조전후는 흘러나오는 신음을 깨물고 말했다.

"그래서 후퇴해야 한다는 건가? 우리는 싸워 보지도 않고 그저 도망을 치라고?"

"저들은 추격해 올 공산이 큽니다. 그때 앞장서서 싸울 기회를 드리지요. 하지만 지금은 아닙니다. 저 안에 있는 동료들을 먼저 싸우기 좋은 곳으로 이동시키고 미리 대비할 시간을 주는 것이 급선무란 말입니다."

조전후는 칼을 쥔 손을 부르르 떨었다.

그때 침묵을 지키던 사조장이 입을 열었다.

"자존심을 세울 때가 아닌 듯하니 그렇게 합시다."

작은 체구나, 단단한 몸집을 가지고 있는, 서른다섯 살의 사조장은 오조장인 독고설을 향해 말했지만, 실상은 조전후에게 던지는 말이었다. 아무래도 가장 고수인 야차검을 배려하지 않을 수 없었다.

독고설과 조전후가 고개를 동시에 끄덕였다.

무서워서 도망치는 것이 아니라 안에 있는 동료들을 위해서였다.

결정을 한 육십 예비부대가 급히 움직였다.

이제 초지명이 이끄는 흑랑대가 이곳까지 도달하는 데는 일각의 시간도 채 남지 않았다.

*   *   *

흑귀도 마신랑은 혈절이 무적검에게 죽었다는 외침을 들었을 때, 모든 것이 끝났음을 직감했다.

결국 천마검 백운회의 조언을 따르지 않은 것이 이렇게 허망한 결과를 불러온 것이다.

보현신니를 냉혈쌍절 장로들과 합공해서 빨리 제거했더라면…….

후회가 머릿속에서 떠나지 않았다.

이젠 몸을 빼내려고 해도 갈 곳이 없었다.

그다지 넓지도 않은 두 야산 사이의 길은 정파인들이 빽빽하게 둘러싸고 있었다. 하지만 어떻게든 기회를 봐서 뚫고 나가야 했다.

쇄애애액! 쩌엉!

독고무영은 쉬지 않고 풍천도를 휘둘렀다.

그는 흑귀도와의 대결에서 숱한 고비를 넘기며 자잘한 상처를 입었다. 그러나 치명적인 부상은 없었다.

독고무영은 흑귀도가 무슨 까닭인지 모르지만 가진 바 공력을 모두 쓰지 않는다는 것을 진작 깨달았다.

그것이 보현신니의 여래장이 남긴 후유증이라는 것을 모르는 독고무영은 흑귀도가 도망갈 때의 경공술을 위해 내공을 아낀다고 지레짐작했다.

그래서 독고무영은 흑귀도가 몸을 빼낼 틈을 주지 않기 위해 더더욱 그를 거세게 몰아붙였다.

자칫 자신이 당할 수도 있었지만 독고무영은 아랑곳하지 않았다. 보현신니의 복수를 하고 싶은 마음이 앞선 탓이었다.

쨍쨍, 쨍쨍쨍!

어느새 그 둘의 대결이 수백여 초가 넘어섰다.

독고무영은 사문이 가진 최고의 공격술인 파천쇄류도법(破天碎流刀法)을 내공을 아끼지 않고 펼쳤다.

그 때문에 그의 공력이 슬슬 바닥을 드러내기 시작했다. 하지만 흑귀도도 지쳐 있기는 매한가지였다.

그때 한추광이 기세를 뿜어내며 흑귀도의 뒤쪽으로 다가왔다.

흑귀도는 이를 갈며 외쳤다.

"그래도 명색이 정파의 고수란 것들이 치사하게 협공을 할 셈이냐? 나는 독고가주와 일대일로 대결 중이다!"

그의 외침에 한추광이 미간을 찌푸리며 발을 멈췄다.

그때 아미파의 비구니 한 명이 외쳤다.

"갈! 닥쳐라! 네놈은 냉혈쌍절과 합공해 우리 장문인을 돌아가시게 하지 않았느냐?"

그 말에 한추광의 이마에 핏줄이 섰다.

아미파의 비구니는 원통한 목소리로 외쳤다.

"저런 비열한 마두에게 무슨 자비가 필요합니까?"

비구니의 개입에 흑귀도는 초조해졌다.

무적검까지 가세하면 실낱같은 희망도 사라진다.

결국 흑귀도는 가슴이 진탕되는 것을 알면서도 공력을 끝까지 끌어 올렸다.

"끄으윽."

가슴이 뻐근해지면서 통증이 정신을 갉아먹었다. 하지만 흑귀도는 마지막 기회라 생각하고 참으며 칼에 공력을 가득 담아 휘둘렀다.

쩌어어엉!

갑자기 두 배는 됨직한 충격에 독고무영의 신형이 휘청거렸다.

악물고 있던 그의 입술이 터지고, 동시에 풍천도를 쥐고 있던 손아귀도 찢어져 피가 흘렀다.

그러나 그는 물러서지 않고 오히려 앞으로 한 걸음을 떼었다.

"……!"

흑귀도의 눈이 흔들렸다. 당연히 독고무영이 밀려 나갈 것이라 생각했다. 그런데 이 독한 늙은이가 되려 자신에게 파고들어 칼을 뻗는 것이 아닌가?

흑귀도는 가슴의 통증이 너무 심해 독고무영의 도를 맞받아친다는 것은 무리라 판단하고 뒤로 몸을 빼내려다가 흠칫하며 멈췄다.

등으로 전해져 오는 서슬 퍼런 살기.

무적검 한추광.

그는 흑귀도가 한 걸음이라도 물러나면 베겠다는 듯이 검을 상단으로 들어 올려 출수 준비를 마쳤다.

그 찰나의 머뭇거림.

푸욱!

독고무영의 풍천도가 흑귀도의 아랫배에 쑤셔 박혔다.

"커헉!"

흑귀도의 허리가 새우처럼 안으로 휘었다.

독고무영은 손아귀에서 철철 피가 흐르는데도 불구하고 힘껏 풍천도를 위로 휘둘렀다.

슈가각!

풍천도가 흑귀도의 배와 가슴을 종으로 가르고 턱까지 부쉈다.

흑귀도의 허리가 뒤로 젖혀지며 입으로 피분수를 뿜었다.

홰애애액!

서걱!

독고무영의 칼이 허공을 한 바퀴 돌고 나와 그의 목을 베었다.

"와아아아아!"

"흑귀도가 죽었다!"

"가주께서 적장을 베셨다!"

독고세가의 무사들이 환호성을 질렀다.

정파인들이 모두 기쁜 표정으로 고함을 질렀다. 이제 남은 건 아직까지 살아남은 소수의 천랑대와 흑랑대.

흑귀도 근처에 있던 그들은 작은 원진(圓陣)을 구축하고 무수한 정파인들의 공세를 버티는 중이었다.

남은 흑도인들을 보는 한추광의 눈가가 미세하게 떨렸다.

저들은 마지막 적장인 흑귀도 장로가 죽었다는 말에도 딱히 심경의 변화를 드러내지 않았다.

"이미 살기를 포기했군."

적이지만 감탄스러웠다. 장수도 아닌 일개 수하들이 어떻게 저런 기도와 냉정함을 갖췄단 말인가?

한추광은 천랑대와 흑랑대를 보면서 두 부대의 장수에 대해 다시 생각하지 않을 수 없었다.

독고무영이 거친 한숨을 내쉬며 한추광에게 다가와 말했다.

"고맙네."

"제가 뭘⋯⋯."

한추광의 겸손에 독고무영이 쓴 웃음을 지으며 말했다.

"자네가 아니었으면 내 마지막 일 초식은 무모한 공격이었을 거네."

한추광이 고개를 저으며 화답했다.

"저는 그저 검을 들고 서 있었을 뿐입니다."

"허허허, 사람을 무안하게 만드는군."

"그나저나 손의 부상이 심하신 것 같습니다."

손의 부상도 심했지만 공력도 얼마 남지 않았다.

"흑귀도의 내력이 예상보다 훨씬 깊었네. 이해가 되지 않는 건 왜 내공을 아낀 것인지⋯⋯."

도망갈 경공술을 위해 비축한 것이라 짐작했지만 냉정하게 판단해 보면 어리석은 짓이다. 흑귀도 정도 되는 마두가 그것을 모를 리는 없을 터인데.

그의 의문은 답을 줄 흑귀도가 죽은 이상 결국 끝까지 풀 수 없었다.

한추광은 흑귀도의 수급을 잠깐 보고는 말했다.

"남은 적들은 제가 수습할 터이니 가주님께서는 잠시 쉬십시오."

"염치없지만 부탁하겠네."

한추광이 씩 웃고는 남은 마교도들을 향해 발을 뗐다.

그때 현무단의 사조와 오조, 즉, 예비부대가 뛰어오며

외쳤다.

"모두 우리가 넘어온 산을 다시 넘습니다!"

"시간이 없으니 빨리 움직이십시오!"

정파인들은 그들의 고함에 당황했다.

다 끝난 싸움이다. 그런데 갑자기 퇴각하자는 말을 하다니.

이제 불과 오십도 남지 않은 마교도들도 영문을 몰라 의아한 표정을 지었다.

한추광이 화가 난 음성으로 버럭 외쳤다.

"무슨 말이냐? 대체 왜?"

질문을 던지는 그의 눈에 천류영이 들어왔다. 헉헉거리는 그는 소매로 땀을 훔치며 말했다.

"마교의 지원군입니다."

살아남은 마교도들은 반색한 반면, 한추광의 눈에서는 서릿발 같은 안광이 폭사했다.

"기다렸던 바다. 어차피 여기도 얼마 남지 않았으니 단숨에 해치우고 그들을 상대하겠다."

천류영이 침착하게 대꾸했다.

"그 기다렸던 싸움. 전장을 조금 옮기시지요."

"······?"

천류영이 오십의 마교도들을 훑고는 말했다.

"그리고 지금까지 살아남은 마교도들은⋯⋯ 우리에게

도움이 될 터이니 그냥 놔두고 갑니다. 어서요!"

"그 무슨?"

피가 튀던 전장이 둘의 대화에 조용해졌다.

정파인들은 어리둥절했고, 남은 마교도들은 괜한 시비로 살아날 기회를 잃지 않기 위해 침묵하며 숨을 골랐다.

여차하면 다시 재개할 싸움을 대비하며.

마교도들의 얼굴은 비장했다. 여태 살아남았다. 지원군이 오는 마당에 여기서 죽고 싶지는 않았다.

독고무영은 마교도들의 살아나는 눈빛을 보며 혀를 차고는 독고설을 보며 물었다.

"대체 이게 무슨 일이냐?"

독고설이 난감한 표정을 짓는 가운데 천류영이 외쳤다.

"제발 쫌! 시간이 없단 말입니다. 괜한 자존심으로 많은 수하들을 꼭 잃으셔야 하겠습니까? 무릇 전투에 임할 때 유리한 지형에서 싸우는 것은 병법에서도 기본이 아닙니까?"

독고무영을 비롯해 한추광 그리고 능운비까지, 세 수장들은 천류영의 일갈에 눈을 치켜떴다.

마치 수하들에게 호통 치는 듯한 대장군의 모습이 평범한 천류영의 모습에서 얼핏 비친 것이다.

2

"헉헉⋯⋯. 정말 산 건가? 살아남은 건가?"

흑랑대 사조장은 털썩 주저앉으며 거친 숨을 내쉬었다.

허벅지가 깊게 베인 그는 지혈할 생각도 못한 채 멍하니 사위를 훑었다.

지독하게 자신들을 몰아붙이던 정파인들이 썰물처럼 빠져나가고 있었다.

그들은 아미파를 비롯해 많은 부상자들을 데리고 낮지만 험한 야산을 올랐다.

천랑대 서른넷, 흑랑대 열다섯.

그렇게 총 마흔아홉의 생존자가 모두 주저앉아 격한 숨을 내쉬었다. 태반이 적지 않은 부상을 입은 그들은 모두가 피투성이로 숨을 골랐다.

천랑대원 하나가 달려오는 흑랑대를 보고는 반색하며 가리켰다.

"저기 본 교의 지원군이 오고 있소!"

"아! 흑랑대주께서 직접!"

지원군이 온다는 것은 이미 들어 알고 있었지만, 직접 보니 가슴이 북받쳤다.

살았다는 안도감과 함께 이미 죽어 버린 동료들을 향한 슬픔이 교차되며 그들의 가슴을 먹먹하게 만들었다.

선두의 초지명이 그들 앞에 당도해 주변을 보고는 이를

악물었다.

시산혈해(屍山血海)!

진동하는 피비린내가 그의 분노를 자극했다.

"대주님!"

사조장이 부복하며 눈물을 흘리자 다른 이들도 초지명 앞에 부복했다.

초지명은 주변에 널브러진 수하들의 시신을 보며 입을 열었다.

"살아남은 이들은 너희가 전부인가?"

사조장이 대답했다.

"보현신니를 제거하고 아미파를 궤멸 직전까지 몰고 갔으나 갑작스러운 정파인들의 기습에 당했습니다. 세 분의 장로님들도 결국 당하시고 저희만 남았습니다."

초지명은 산을 오르고 있는 정파인들을 보았다.

적지 않은 부상자들이 있기에 그들의 속도는 빠르지 않았다.

마음만 먹으면 금방 따라잡을 수 있다는 생각에 초지명은 들끓는 가슴을 진정시켰다.

장수란 모름지기 급한 감정이 들수록 냉정과 차분함을 잃지 말아야 하는 법이다.

그는 옆에 있는 일조장에게 말했다.

"금창약과 붕대를 내어 주도록."

"예."

주변을 훑던 삼조의 수하가 약간 떨어진 곳에서 말했다.

"냉절 장로의 시신이 여기 있습니다."

초지명은 오만상을 찌푸리며 지척에 있는 흑귀도 장로의 수급도 보았다.

이 멍청한 장로들 때문에 아까운 수하들이 죽었다는 생각에 화가 치밀었다.

하지만 장로의 시신은 수습해야 했다.

초지명은 사조장을 향해 말했다.

"우린 저들을 쫓을 것이다. 그러니 장로들 시신은 치료를 끝내고 너희가 맡도록."

"예. 하지만……."

사조장이 입술을 우물거리며 말꼬리를 흐렸다. 그에 초지명이 물었다.

"할 말이라도 있느냐?"

"정파인들을 쫓으실 겁니까?"

흑랑대주는 탈주병까지 포함해 이백사십 명을 이끌고 왔다. 그러나 정파인들의 숫자는 아직 칠백에 가까웠다.

초지명의 입가에 서늘한 미소가 맺혔다.

"흑랑대원 한 명의 목숨은 열 배로 돌려받는다."

그가 늘 입에 달고 다니는 말이다. 그 말에 사조장이

엷은 미소를 떠올렸으나, 이내 정색하고 말했다.

"저도 복수를 하고 싶습니다. 하지만 무리한 추격은 위험하게 여겨집니다. 싸우면서 알게 되었는데 저들에게는 대단한 책사가 있습니다."

사조장의 말에 살아남은 오십여 명이 흠칫 몸을 떨고는 모두 고개를 끄덕였다.

만약 정파인들이 한꺼번에 몰려왔다면 자신들이 이렇게 허망하게 무너지지는 않았을 터였다.

사조장은 최대한 짤막하게 자신들이 당한 이야기를 했다.

그러자 초지명이 고개를 끄덕이며 천마검이 한 말을 떠올랐다.

아미파로 위장한 간자를 간파하고 각개격파하려는 계책을 오히려 역이용한 정체불명의 인물.

게다가 꼼수를 부려 지원군을 파견할 시간까지 늦추게 만들었다. 그놈이 아니었다면 이렇게 많은 수하들이 희생당하지 않았을 터인데.

"대단한 놈이다. 그러니까 더더욱 없애야겠지. 살려 두면 본 교의 천하일통에 후환이 될 놈이야."

"대주님……."

"내가 앞뒤 가리지 않고 그저 수하들의 복수만 하려는 것으로 보이느냐?"

"……."

"아니다. 산을 오르는 저들을 보아라. 절반 가까이가 부상자다. 또한 저들은 쉬지 않고 이곳까지 달려왔고 오랜 싸움을 해 지친 상태다. 비록 우리도 여기까지 오느라 피곤하지만 저들과는 비교가 되지 않지. 적 중심을 단숨에 관통해 버리면 승리는 우리의 것이다. 그것을 알기에 저들이 후퇴를 하는 것이야."

사조장은 대주의 말이 일리가 있다 생각했지만 걱정이 누그러지지 않았다.

"곤륜파, 무적검 한추광의 무위가 만만치 않아 보였습니다. 그가 대주님을 막아설 것입니다."

"내가 그에게 질 것 같으냐?"

사조장은 잠깐 침묵하다가 입술을 뗐다.

"모르겠습니다."

그의 솔직한 답변에 초지명이 피식 웃었다.

"네가 보기엔 확률이 반반이라는 뜻이군."

"예."

"그렇다면 내가 이긴다."

사조장의 입가에 마침내 미소가 떠올랐다. 삼십 년간 야전을 돌며 산전수전을 겪은 흑랑대주.

그는 자신보다 강한 숱한 강자들을 꺾고 지금 이 자리에 있었다.

높은 무공 실력과 헤아릴 수 없이 많은 실전의 경험이 그에겐 있었다.

"그렇겠군요. 죄송합니다. 속하, 대주님의 강함을 의심한 것은 아닙니다."

"안다, 네가 나를 걱정함을. 그리고…… 고생했다."

"……."

"살아남아 줘서 고맙다. 먼저 간 네 동료들의 원한은 내가 피로 씻어 주마."

"감사합니다."

어느새 정파인들은 산 정산을 넘어 모습을 감추기 시작했다.

초지명이 추격의 명을 내리려는 순간 사조장이 다시 끼어들었다.

"대주님, 한 가지만 더 말씀드리겠습니다. 간과하기엔 찜찜한 대목이 있어서……."

초지명은 살짝 눈가를 찌푸렸지만 말을 받았다.

"무언가?"

"상대의 책사로 보이는 청년이 이상한 말을 했습니다."

상황을 이렇게 꼬이게 만든 인물이 한 말이라면 그냥 넘길 수 없다.

초지명이 신중한 기색으로 물었다.

"무슨 말을 했느냐?"

"그가 정파의 세 수장들에게 지금 물러남이 싸우지 않는 것이 아니라고 했습니다. 유리한 지형에서 싸우기 위함이라고 말했습니다."

초지명의 미간이 좁혀졌다.

"유리한 지형에서 싸운다고?"

그의 시선이 야산의 정상을 향했다.

낮지만 제법 험준한 산세. 퇴각하는 것이 아니라 저곳에 매복하고 있다면?

산을 오르는 자신들을 기습할 수도 있다는 예감이 들었다. 그렇다면 어려운 싸움이 될 수밖에 없었다.

물론 나무나 바위 같은 것을 준비해 굴리기에는 시간이 없을 터이니, 작정하면 오를 수 있을 것이다. 그러나 험준한 산을 오르며 위에 있는 상대와 싸우려면 적지 않은 피해를 감수해야 했다.

"으음……. 정말 그런 말을 들었느냐?"

"예."

사조장의 말에 다른 이들도 고개를 끄덕이며 맞다는 의사 표현을 했다.

초지명은 결국 혀를 차며 고개를 저었다.

"쯧쯧. 하여간 책사란 먹물들은 마음에 들지 않는단 말이야. 고작 세 치 혀로 우리를 곤혹스럽게 만드는군."

그는 침묵하며 머릿속을 굴렸다.

하지만 그가 도출해 낼 수 있는 선택은 이미 정해져 있었다.

상대 책사로 인해 가뜩이나 많은 수하들을 잃었다. 또다시 놈의 간계에 빠져 아까운 수하들을 허망하게 잃을 수는 없었다.

그렇다면 초지명이 선택할 수 있는 건 두 가지였다.

첫째, 안전하게 산을 우회하는 것이다.

그러나 이 방법엔 치명적인 문제점이 존재했다.

시간이 많이 소요될 뿐만 아니라 여기 남은 오십여 부상자들의 안위를 장담할 수 없었다.

만약 적이 산 너머에 숨어 있다가 자신들이 빠지면 다시 이리 넘어와 부상자들을 위협할 수도 있었다. 그렇다고 지금 이백 사십의 수하들 중, 부상자들을 호위할 병력을 차출하는 것도 현명한 선택은 아니었다. 자칫 각개격파당할 위험이 있었다.

초지명은 두 번째 방법을 택했다.

척후를 산 정상으로 파견하는 것이다.

물론 이 방법 역시 추격에 시간이 걸린다는 단점이 있었다. 그러나 초지명은 정파인들이 부상자들을 데리고 움직이느라 기동력이 떨어지는 것을 간파한 상태였다.

척후가 산 정상에서 보내 올 신호를 기다리는 정도의

지체는 충분히 감수할 수 있다고 판단했다.

초지명은 일조장에게 하명했다.

"경공에 능한 친구로 세 명을 척후로 보내게."

"예, 그리하겠습니다."

"잠시지만 그동안 수하들을 쉬게 해 주고, 사천 분타에 이곳의 사실을 전서구로 알리도록!"

"예."

한편 사조장은 대주가 적절한 선택을 했다고 믿으며 미소를 머금다가 고개를 갸웃거렸다.

아까 그 청년이 한 말 중에 이해가 되지 않는 것이 한 가지 가슴에 걸렸다.

살아남은 자신들이 정파인들에게 도움이 된다는 말.

대체 자신들이 무엇으로 그들에게 이득이 될 수 있다는 말인가?

이건 너무 허황되고 터무니없어서 보고하기도 민망한 말이었다.

말해 봤자 '고생이 심했나 보구나. 잘못 들었겠지.' 란 말을 듣기 딱 좋았다.

사조장을 비롯한 살아남은 오십여 명은 모두 천류영이 내뱉은 그 말의 의미를 크게 염두에 두지 않았다. 정말 중요한 것은 유리한 지형에서 싸우겠다는 말이었으니까.

그러나 그들은 자신들도 모르게 천류영에게 이용당하고

있음을 몰랐다.

천류영에게 지금 필요한 것은 시간이었고, 살아남은 오십여 명은 초지명에게 이런저런 보고를 하면서 그의 발목을 잡고 있었던 것이다.

또한 척후까지 보내는 시간까지 덤으로 말이다.

*   *   *

무사히 산을 내려온 정파인들은 백여 장의 거리를 주파한 다음 천류영의 지시대로 전열을 재편했다.

한추광이나 능운비는 불과 이백여 명의 흑랑대를 피해 퇴각한 것에 기분이 언짢았다.

그러나 산을 넘으며 조전후가 흑랑대주의 얘기를 하고, 천류영이 설명을 덧붙이자 자신들이 과욕을 부렸다고 깨끗하게 인정했다.

장수들끼리의 대결은 두렵지 않았으나 자칫 난전으로 흘러 많은 수하들이 죽어 갈 수 있음이었다.

비록 지쳐 있다고는 하나 자신들의 수는 흑랑대보다 훨씬 많았다.

그렇다면 인원의 이점을 살려 확 트인 평지에서 싸우는 것이 유리했다.

이러한 지형의 장점을 초지명이나 흑랑대 사조장은 정

파인들이 산에 매복한 것으로 오인했던 것이다. 물론 그것은 시간을 벌려는 천류영의 노림수였고.

천류영이 말했다.

"자, 제가 지금까지 설명한대로 우리는 이곳에 배수진을 칠 것입니다."

배수진(背水陣).

물을 등 뒤에 두는 진(陣)을 말한다.

즉, 물러설 수 없는 상황으로 죽기 살기로 싸워 이겨야만 살 수 있는 진이다.

그런데 이곳은 물구덩이 하나 없는 메마른 평지였다. 그런데 대체 어떻게 배수진을 친단 말인가?

이미 설명을 들은 정파인들은 고개를 절레절레 흔들며 천류영이 지시한대로 움직였다.

중간 간부들이 뛰어다니며 수하들의 위치를 조정했고, 천류영에게 이 정도면 되는지 확인했다.

그들이 천류영을 보는 시선엔 이제 경외심까지 어렸다.

독고무영은 자신의 부상당한 손을 천으로 빙빙 두르는 독고설을 보며 물었다.

"대체 저 청년은 어찌 알게 된 것이냐?"

독고설은 붉고 도톰한 아랫입술을 살짝 깨물며 곤혹스러운 표정을 지었다.

"그게 참 뭐라고 말씀드려야 할지…… 그냥 우연이라고

해야 맞을 것 같네요. 조전후 아저씨와 객잔에서 식사를 하다가 만났으니까요."

독고무영은 산을 넘어오면서도 보현신니가 죽었다는 사실에 원통해했다.

그러나 이미 그건 과거, 자신은 살아남았고 계속 싸워야 했다.

"그래? 하늘이 우리를 보살폈구나. 네가 그를 만나지 않았다면 어찌 되었을지 생각조차 두렵구나. 그런데……정말 쟁자수를 하는 사람이냐?"

이미 그렇다고 들었지만 영 믿기지 않는다는 말투였다.

독고설은 천을 다 감고 매듭을 지으며 말했다.

"예. 진산 표국에서 잘려서 쟁자수들끼리 송별회를 하고 있었어요."

"왜 잘렸을까? 아니, 왜 저런 청년이 쟁자수를 하고 있었을까?"

독고설은 쟁자수들끼리 나눴던 대화와 녹림십팔채 얘기를 상기했다.

그러나 녹림과의 일은 그와 비밀을 지키기로 이미 약속했다.

약속!

그건 바로 믿음의 문제다.

중요한 사안이라 다시 다그쳐 물어볼 수도 있는 것이지만,

괜히 그를 자극했다가 신뢰를 잃을 수도 있다는 생각이 든 것이다.

독고설은 천류영을 잃고 싶지 않았다. 저런 사람은 찾고 싶다고 찾아지는 것이 아니었다.

"글쎄요. 아마 그의 뛰어난 재주를 윗사람들이 질투한 것이 아닐까요?"

"뛰어난 정도가 아니다. 흔히 괜찮은 무사는 돈만 있으면 어디서든 구할 수 있다고 하나, 괜찮은 책사는 하늘이 내린다고 했다."

독고설이 어깨를 으쓱했다.

너무 유명한 말이다.

사실 그런 생각으로 자신도 그에게 접근하지 않았던가? 괜찮은 책사 한 명 구해 보려고 말이다.

독고무영의 감탄 어린 눈은 천류영에게 못이 박혀 있었다.

"그런데 저 청년은 괜찮은 정도가 아니야."

"저도…… 그렇게 생각해요."

"이 메마른 평지에 배수진이라……. 그것도 실상 속임수로 변형되는 진이라. 허허허, 저 청년이 말만 하면 나는 깜짝깜짝 놀라게 된다. 같은 편인데도 두려움이 들 지경이야. 사고를 함에 막힘이 없고, 나무를 보는 동시에, 숲 전체를 보는 혜안을 갖췄다."

독고설도 고개를 돌려 천류영을 보았다.

땀을 흘리며 뛰는 그의 모습에 절로 피식하고 웃음이 새어 나왔다. 저 저질 체력이라니.

얼마 전까지만 해도 남루한 쟁자수가 맞았다.

그런데 지금은 누가 보아도 만군을 호령하는 장수나 군사의 기개가 그에게서 느껴졌다.

천류영이 입고 있는 낡은 회삼(灰衫)이 독고설의 눈과 가슴에 박혔다.

군데군데 기운 흔적이 짠했다. 이번 싸움에서 살아남으면 그에게 잘 어울리는 옷부터 하나 장만해 주어야겠다는 생각이 불현듯 들었다.

"저 역시…… 저 사람 때문에 너무 놀라고 있는 중이에요. 잘하면 유능한 책사로 키울 수 있다는 생각에 포섭하려고 했는데, 설마하니 이 정도일 줄은 전혀 몰랐거든요."

독고무영의 입가에 부드러운 미소가 맺혔다.

자신의 딸이 그런 생각을 했다는 것이 기특한 것이다.

"잡아야 한다."

"예?"

"저 사람을 어떻게든 본 가로 끌어 앉혀야 한단 말이다. 지금 능운비 단주나 한 대협이 저 사람을 보는 눈빛이 보이느냐?"

독고설이 능운비와 한 대협을 찾았다.

과연 그 두 사람의 눈도 수하들의 전열을 살피면서 동시에 천류영을 흘낏거리고 있었다.

그 눈빛.

인재를 탐하는 욕구가 넘치다 못해 노골적으로 흘렀다.

"귀한 사람이 되었군요. 반나절도 되지 않은 시간에."

독고설은 오늘 하루가 정말 길다고 생각했다.

무수히 많은 일들이 벌어지고 있는 가운데 자신이 입고 있는 무복엔 피 한 방울 없었다. 그것이 영 남세스러워 동료들 보기가 민망했다.

독고무영이 천류영에게서 시선을 떼고 딸을 보았다.

"저 사람에 대해 얼마만큼 아느냐?"

"그건 왜요?"

"그가 무엇을 원하는지 알아야 우리 사람으로 잡을 수 있을 것이 아니냐?"

독고설은 '돈!'이라고 말하려고 했다.

가난한 집안 사정을 알기 때문이다. 그러나 또 어젯밤 나눴던 대화 중 한 대목도 떠올랐다.

무공을 가르쳐 줄 수 있느냐는 말.

그녀는 그 두 가지를 말하려다가 숨을 들이켰다.

자신이 넘어온 야산의 정상에 흑랑대가 모습을 드러낸 것이다.

그리고 그들이 함성을 지르며 산 아래로 내려오기 시작

했다.

그 광경에 천류영이 한차례 크게 심호흡을 하고는 모두를 향해 말했다.

"휴우우우……. 그럼 잘 부탁드리겠습니다. 저는 보살펴야 할 어머니와 여동생이 있습니다."

그의 하소연 같은 부탁에 사람들이 피식 웃었다. 그러고는 자신들의 병장기를 쥐고 입술을 꾹 깨물었다.

천류영의 말은 자신의 가족을 떠올리게 했다.

어쩌면 이기적으로 들릴 수도 있는 천류영의 말은 모든 이들의 가슴에 찡하니 스며들었다.

거창한 말이 아니다.

그러나 이보다 더 간결하고 결의를 다지게 할 말이 지금 이 순간 존재할까?

보살펴야 할 가족.

독고설은 자신이 여태 들었던, 화려하게 치장된 그 어떤 명령보다 천류영의 단순 솔직한 이번 부탁이 가장 시의적절하다는 생각을 했다.

집에 있을 가족, 여러 친구들과 사형제들. 자신을 아껴주는 장로님들, 그리고 보고 싶은 많은 사람들.

그들을 다시 보기 위해서라도 살아야 한다. 그러기 위해서라도 싸워야 했고, 이겨야 했다.

검을 쥔 그녀의 손에 힘이 가득 들어갔다.

"내 개인의 명예가 아닌 그리운 사람들을 보기 위해서라……. 홋, 마음에 들어."

독고설은 혼잣말을 하며 자신이 맡은 자리인 최선두로 이동했다.

산에서 폭풍처럼 질주하며 내려오는 흑랑대.

흑랑대주 초지명의 우레와 같은 고함이 터져 나왔다.

"내가 대 천마신교, 흑랑대의 장수 초지명이다!"

묵직하고 단단한 외침이 바람을 타고 정파인들을 향해 꽂혀 들었다.

3

작열하는 태양이 내리쬐는 가운데 천랑대 이백 명이 초원을 가로지르며 남하 중이다.

말을 탄 서른 명은 뒤따라 달려오는 백칠십 수하들과 일정 거리를 유지하며 이동했다.

선두에서 묵묵히 말을 모는 백운회의 표정은 담담했다. 그러나 그의 머릿속은 복잡하기 그지없었다.

독고세가의 서른 명.

그들은 마지막 눈을 감는 순간까지 끝끝내 자신의 일을 훼방 놓은 인물에 대해 얘기하지 않았다.

다만 이민걸 부총관이라는 자는 죽어 가면서도 자신에게

저주를 퍼부으며 이상한 말을 남겼다.

어차피 말해 줘도 믿지 않을 것이고, 자신들도 그에 관해 잘 모르니 해 줄 말이 없다고 했다. 모르는데 무슨 말을 하겠냐고 오히려 악을 써 댔다.

백운회는 그의 눈에 어린 공포와 적의를 보면서 거짓말이 아니라고 느꼈다.

"그들도 모르는 사람이라…… 거참."

그는 혼잣말을 하다가 혀를 차고는 마치 고민을 털어 버리겠다는 듯이 세차게 고개를 흔들었다.

어차피 시간이 지나면 알게 될 일이다.

그렇다면 아직 답을 알 수 없는 문제에 매달리기보다는 현실을 직시해야 했다.

그는 이동 속도를 높일까 고민하다가 그만두었다.

흑랑대주 초지명이 먼저 움직였다.

자신들이 목적지에 너무 빠르게 당도하면 마치 초지명을 믿지 못한다는 인상을 줄 수 있었다.

초지명 흑랑대주.

그는 충분히 존중받아야 할 가치 있는 인물이다.

가능하다면 장수로서의 체면과 위신을 지켜 주고 싶었다.

만에 하나 불의의 사태를 대비해 자신이 손수 움직이고 있지만, 이건 어디까지나 보험(保險)의 성격이 짙은 출진이었다.

백운회는 갑자기 이마를 살짝 찌푸리며 공중의 한곳을 뚫어지게 보았다.

눈이 시리게 푸른 하늘에 잿빛 비둘기 한 마리가 유려하게 날았다.

사천 땅의 서쪽은 비둘기가 흔치 않다. 더더군다나 초원을 가로지르는 비둘기 한 마리를 보는 건 아주 드문 일이다.

"전서구군."

백운회는 눈을 빛내며 말고삐를 잡아당겼다.

방향을 보아하니 사천 분타 쪽으로 향하는 것이 분명했다.

그의 혼잣말을 들은 수하가 덩달아 옆에 말을 세우고는 물었다.

"잡습니까?"

그는 어느새 안장 뒤편에 두었던 활을 꺼내 들고 있었다.

백운회는 고개를 저으며 허공을 향해 외쳤다.

"금영(金影)!"

그의 쩌렁쩌렁 울리는 고함에 구름 뒤편에서 황금빛의 커다란 새가 나타났다.

백운회가 금영이란 이름을 붙여 준 금광구다.

백운회는 자신을 향해 빠르게 낙하하는 금광구를 보며 전서구로 보이는 비둘기를 검지로 가리켰다.

그러자 금영은 마치 백운회의 의도를 읽기라도 한 듯이 호선을 그리며 방향을 틀었다.

그리고 전서구를 향해 무서운 속도로 날개를 퍼덕였다.

독수리보다도 더 빠른 금영의 등장에 잿빛 비둘기는 놀라 도망치려 했지만, 순식간에 사로잡혀 백운회에게 끌려왔다.

"구구우우우……."

금영이 고개를 빠짝 세우고 백운회의 바로 앞 허공에서 날갯짓하며 아양을 떨었다.

백운회는 엷은 미소를 짓고 손을 뻗어 금영의 머리를 쓰다듬었다. 그리고 전서구의 발목에 매여 있는 작은 통을 풀었다.

통 속에서 흘러나오는 둘둘 말린 쪽지.

암호를 해석하는 백운회의 미간이 일그러졌다.

짧지만 비교적 요약이 잘되어 있었다.

그는 내용을 다 읽은 후에, 손으로 쪽지를 꾹 쥐며 혀를 차다가 주변 수하들에게 말했다.

"흑랑대주가 보낸 것이다. 세 장로들께서 모두 운명을 달리하셨다는군."

그의 탄식에 말을 탄 간부와 고참들, 그리고 속속 주변으로 도착하는 천랑대원들의 낯빛이 어두워졌다.

대주의 말은 곧 흑귀도 마신랑이 이끈 육백의 동료들이 패배했다는 의미였다.

천랑대 조장 하나가 신음을 삼키고 말했다.

"피해는 어느 정도나 된답니까?"

"오십도 채 남지 않았다. 흑랑대주가 조금만 더 늦게 당도했더라면…… 전멸했겠지."

백운회의 씁쓸한 말에 모두 말문을 잃었다.

엄청난 대패가 아닌가? 그곳에는 천랑대 동료들도 이백이 넘게 파견됐었다.

천랑대원들은 당최 이해할 수가 없었다.

흑귀도 마신랑을 비롯한 냉혈쌍절은 절정의 고수. 또한 그 세 장로가 이끈 수하들도 동료인 천랑대원들을 포함한 정예였다.

아무리 독고세가와 곤륜, 그리고 무림맹 현무단이 합세했다고 하더라도 그렇게 일방적으로 깨질 전력이 아니다.

백운회는 고개를 절레절레 흔들다가 눈을 빛냈다.

"이번에도 그 정체불명의 인물이 무슨 농간을 부린 듯하군. 그렇지 않고서야 이런 참담한 결과가 나올 수는 없지."

요약이 잘되어 있는 내용이었으나, 세세한 것을 파악하기엔 너무 짧은 쪽지.

백운회는 아쉬움을 느꼈다.

그러다가 자신을 바라보고 있는 수하들을 훑었다.

이백의 천랑대원들. 물론 그들은 모두 정예다.

천마신교 최강의 야전 부대이니 당연하다.

그러나 공력이 부족한 일부는 숨이 차 헐떡이고 있었다.

천랑대의 최정예는 사천 분타에 남겨 두었기에, 자신을 따라온 수하들 중 일부는 아무래도 수준이 떨어졌다.

특히나 천랑대에 들어온 지 얼마 되지 않는 신입대원들과 말단의 경우는 숨을 가쁘게 몰아쉬고 있었다.

백운회는 하마(下馬)하며 말했다.

"흑랑대주가 추격에 나섰다. 산을 동쪽으로 넘을 거라는군. 그가 현장에서 내린 판단이 그것이라면 승산이 있다고 여긴 거겠지."

흑랑대주를 신뢰하는 느낌이 그의 목소리에서 물씬 풍겼다.

백운회는 수하들 중 가장 막내에게 다가가 입을 열었다.

"자운. 힘든가?"

그의 말에 열여덟 살의 자운이 한차례 몸을 부르르 떨었다. 설마하니 천랑대주가 자신의 이름을 알고 있을 거라고는 상상도 못한 것이다.

자운이 몸을 떨다가 화들짝 놀라서 부복하며 외쳤다.

"아, 아닙니다! 괜찮습니다!"

"내 말을 빌려 주겠다."

자운은 너무 놀라 고개를 들어 대주를 보았다. 부드럽게 웃는 서늘한 눈과 하얀 미소가 눈부셨다.

이렇게 가깝게 대주를 대면하는 것은 처음이었다.

자운이 천랑대에 들어오기 위해 뼈를 깎는 노력을 해온 이유는 바로 이 사람을 모시고 싶어서였다.

패왕의 별이 될 사람.

아무도 살아 돌아오지 못한 천마동에서 유일하게 걸어나온 본 교의 살아 있는 전설.

"대주님. 저, 저는 정말 괜찮습니다."

"네 무술 실력에 비해 아직 공력이나 경험이 부족하다는 것을 알아. 적과 마주쳤을 때 너무 지쳐서 네 멋진 칼솜씨를 제대로 볼 수 없다면, 나는 무척이나 아쉬울 거야. 체력과 내공을 아껴라."

"대주님……."

"내가 어린 너를 본 대에 들어오게 한 것은 너의 재능과 노력을 믿기 때문이다. 네 폭천류(暴川流)는 향후 몇년 이내에 무림에서 손꼽히는 절기가 될 거야. 그 화려한 검술이 제대로 꽃피우지 못하고 사그라지지 않게 스스로를 아끼고 정진해라."

자운은 감격해서 입술을 깨물었다.

이름뿐만 아니라 자신이 익히고 있는 무공까지 알고 있을 줄이야.

가슴속에서 뭔가가 울컥하고 치밀었다.

사내에게 상관, 특히나 존경하는 인물의 칭찬은 마약과도 같다.

왜 여인이 사랑을 위해 죽고, 남자는 자신을 알아봐 주는 이를 위해 목숨을 바친다는 말이 있겠는가?

백운회는 그에게 말고삐를 넘겨주고 돌아섰다.

그러자 말을 탄 천랑대의 고참들이 신입과 말단들에게 타고 있던 말을 건네기 위해 분주해졌다.

일반적인 부대에서라면 도저히 있을 수 없는 일이다.

특히나 강함이 절대의 가치이고, 그에 따라 대우를 받는 천마신교에서 약자를 배려한다는 것은 전례를 찾아보기 힘들었다.

그러나 천랑대에서는 흔한 일이었다.

후배를 아끼고 성장시켜 주는 것.

그 후배가 더욱 무공에 정진하고 성장해서 나중에 선배의 목숨을 구할 수 있음을 천랑대 고참들은 경험으로 잘 알고 있었다.

물론 그런 전통은 백운회의 솔선수범으로 만들어진 것이다.

한차례 소동 아닌 소동이 일어난 천랑대는 뜨거운 눈빛으로 자신들의 수장인 천마검을 주시했다.

백운회의 입술이 천천히 열렸다.

"어쩌면…… 우리가 당도했을 때에는 흑랑대주가 승리를 거둔 후일 수도 있다. 하지만 싸움이란 함부로 결과를 예단해서는 안 되는 법이다."

"……."

"어떤 상황이 도래할지 모르는 전장에서는 늘 자신의 몸을 최상의 상태로 만들어야 한다는 것을 잊지 마라. 자신이 강해야 동료에게 힘이 될 수 있고 도움이 된다. 그래야 승리를 거머쥘 수 있다."

"옛!"

이백 수하가 동시에 대답했다.

"흑랑대가 이미 승리했다면 그들을 축하해 줄 것이고, 교전 중이면 지원하게 될 터. 어쨌든 우리는 전열을 흐트리지 않고 천랑대다운 모습으로 전장에 등장할 것이다."

천랑대다운 모습.

그 말에 천랑대원들의 눈에 열기가, 입엔 자부심 어린 미소가 어렸다.

백운회는 수하들의 눈에 어린 단단한 결의를 보고는 만족한 얼굴로 돌아섰다.

그리고 앞으로 이동하려다가 자리에 못이라도 박힌 듯

멈췄다.

하나의 불길한 가정이 그의 뇌리를 스쳤다.

백운회는 손에 쥐고 있던 쪽지를 급하게 펴고 다시 읽었다. 그의 굵은 검미가, 깊은 속눈썹이 거칠게 떨렸다. 대주의 안색이 예사롭지 않은 걸 느낀 천랑대 칠조장이 조심스럽게 질문을 던졌다.

"대주님, 무슨 문제라도 있습니까?"

백운회는 입술을 질끈 깨물었다. 그의 악물린 잇새 사이로 짙은 한숨이 비집고 흘러나왔다.

"역시 예감이 좋지 않아."

"예?"

"흑귀도 장로가 이끌던 수하들 중 채 오십도 남지 않았다. 그런데 정파인들은 흑랑대가 나타나자마자 부상자들을 데리고 꼬리를 말았다고?"

백운회는 자신의 생각을 점검하려는 듯이 말을 이었다.

"내가 그들의 입장이라면 수적으로 훨씬 우세한 상황에서, 더구나 승리를 목전에 두어 사기까지 충천한 마당에 결코 등을 보이고 도망가는 짓은 하지 않아."

칠조장이 불안한 표정으로 물었다.

"흑랑대주가 함정에 빠질 수도 있다는 말씀이십니까?"

백운회는 대꾸 없이 침묵하며 생각을 정리했다.

거의 이긴 싸움에 이백의 흑랑대가 나타났다.

그렇다면 당연하고 상식적인 반응은 둘 중 하나.

서둘러 남은 적을 정리하고 맞서거나, 아니면 그 오십을 무시하고 약간 뒤로 물러나 전열을 정비하는 것이 맞다.

그러나 그들은 부상자들을 데리고 도망치는 방법을 선택했다.

왜일까?

백운회의 잇새로 나직한 신음이 흘러나왔다.

"으음……. 흑랑대뿐만 아니라 그 뒤에 또 다른 지원군이 있을지도 모른다는 것을 염려한 것이군. 그러면 한 치 앞을 내다볼 수 없는 난전이 펼쳐질 테니까."

백운회는 말을 하면서 자신의 심증을 확신으로 굳혔다.

역시 정체불명의 그 책사는 아주 신중한 자였다.

"그들은…… 도망친 것이 아니라 난전을 피하고, 희생을 최소화하기 위해 전장을 바꾼 것이다. 좁은 산길에서 흑랑대와 격전 중, 또 다른 지원군에게 기습을 받으면 어떻게 될까? 대처할 시간이 없으니 치명적인 피해를 입을 수밖에 없지."

백운회는 손가락으로 자신의 이마를 툭툭 치며 떠오르는 생각을 말로 계속 내뱉었다.

"그러나 사방이 탁 트인 평지에서라면 상황이 다르다. 수적으로 우세하니 흑랑대와 맞서면서 동시에 주변을 경계

할 수도 있다. 그들이 일부러 산을 넘어 도망친 것은……
높은 곳에서 또 다른 지원군이 오지 않나 정찰할 수 있다
는 이점도 있지. 하하하! 적이지만 정말 감탄스럽군."

백운회는 고개를 절레절레 저었다.

그러나 그의 눈은 묘한 열기를 품고 더 밝게 빛났다.

"놈들은 아마…… 후퇴하면서 부상자의 수를 과장했을
것이야."

전장엔 오십의 동료들이 남아 있었다.

그러나 그들은 훨씬 더 많은 적에게 포위되어 정신없이
싸우고 있었을 것이니, 상대의 부상자가 얼마나 되는지
파악할 겨를이 없었을 것이다.

만약 산을 넘어 후퇴하는 정파인들이 상당수를 부상자
인 척 꾸몄다면 흑랑대주는 그 호기를 결코 놓치려 하지
않았을 것이 자명했다.

백운회가 한숨을 삼키고 결론을 내렸다.

"정체불명의 그 인물은 또다시 우리를 각개격파하려는
것이다. 흑랑대와 또 다른 지원군을. 물론 또 다른 지원군
이 없다면…… 흑랑대만 상대하면 될 터이고. 그자는 정
말이지 아주 몸서리 처질 만큼 주도면밀한 자야. 약점이
보이지 않을 정도로."

칠조장은 충격에 빠진 표정을 지었다. 그러나 이내 신
색을 회복하며 묘한 미소를 머금었다.

"대주님, 그러나 초지명 흑랑대주입니다. 그분은 그리 쉽게 당하지 않을 겁니다."

그의 말에 구조장도 동의한다는 뜻으로 고개를 주억거렸다.

"예. 어느 정도의 수적 열세는 흑랑대주에게 아무것도 아니지요. 오히려 정파인들은 초지명 대주가 있는 흑랑대가 얼마나 강력한 돌파력을 가졌는지 모르고 과소평가하다가 큰코다칠 공산이 더 큽니다."

천마신교에서 흑랑대주는 '전장의 창'이라고도 불린다.

막는 것은 그 무엇이라도 뚫고 나아간다는 의미.

두 조장의 의견에 백운회는 고개를 끄덕여 시인했다.

"그래. 나 역시 그렇게 생각해. 하지만…… 그럼에도 나는 예감이 좋지 않다. 왜냐하면 정파의 그 영악한 놈은 하루 종일 우리 일을 제대로 훼방 놓고 있으니까."

백운회는 주먹을 움켜쥐었다.

지금은…… 초지명의 체면을 고려할 상황이 아니었다.

그는 시선을 전면으로 던졌다.

부드러운 입꼬리가 말려 올라가며 차가운 미소를 만들었다. 서늘한 안광이 쏟아졌다.

"재미있군. 정말로 나를 흥분시키고 있어. 오늘, 무슨 일이 있더라도 네 수급을 갖고 말겠다."

누구에게 하는 말일까?

백운회는 수하들을 훑고는 짤막하게 말했다.

"먼저 가겠다. 따라오도록!"

그가 말을 마치면서 한 발로 땅을 툭 쳤다. 그 순간 그의 신형이 연기처럼 흔들리더니 이내 무서운 속도로 뻗어 나갔다.

"아!"

천랑대원들은 자신도 모르게 탄성을 터트렸다.

마치 한 마리 새처럼 빠르게 땅을 질주하는 천마검 백운회.

놀랍게도 그의 발이 한 번 움직일 때마다 무려 오륙 장씩 이동하고 있었다.

천랑대 칠조장이 혀를 내두르다가 말했다.

"대주님의 육지비행술(陸地飛行術)이 어느새 완숙의 경지에 이르셨군."

그의 곁에 있던 구조장이 말을 받았다.

"우리도 어서 따르세."

칠조장이 고개를 끄덕였다.

"천랑대, 전력으로 대주님을 따른다. 천랑대답게 전열을 유지하며!"

천마검 백운회.

그는 운 좋게 전서구를 중간에 포획했을 뿐만 아니라 짧은 내용에 담긴 것만으로 천류영의 계책을 간파했다.

천류영의 각개격파하려는 의도에 굵은 균열이 번지고 있었다.

4

천류영은 산에서 내려오는 흑랑대를 흘낏흘낏 보면서 정파인이 운집한 곳에서 뒤로 이동했다.

그의 조언을 받아들여 편성된 진에서 부상자들은 모두 후위에 자리했다.

그리고 그 안에는 지독한 부상을 입은 것처럼 위장한 정예들이 경직된 얼굴로 숨을 고르고 있었다.

후미의 가장 끝에는 실제로 심한 부상 혹은 탈진한 것이나 진배없는 아미파의 비구니들이 주저앉아 있었다.

천류영은 피투성이인 그녀들을 보면서 씁쓸해졌다.

수장인 보현신니를 잃은 허탈함과 마교도를 향한 적의가 그들의 표정에서 읽혔다.

'대체 무엇을 위해 싸우는 것입니까?'

문득 그의 머릿속에서 일어난 질문.

하지만 천류영은 이내 피식 웃고 말았다.

자신이 그녀들에게 던질 질문이 아니었다. 스스로도 어쩌다 보니 이 싸움의 소용돌이에 휘말려 있지 않은가?

돌이켜 생각해 보면 작금의 상황은 황당무계(荒唐無稽)

라는 말로도 모자랄 정도다.

전날 표국에서 잘릴 때만 해도, 아니, 어젯밤에 주루에서 술을 마실 때만 해도 오늘과 같은 일이 자신에게 생길 거라고는 상상도 하지 못했으니까.

'나는 당최 여기서 뭘 하고 있는 거지?'

질문은 주변의 무림인이 아닌 스스로에게 향했다.

독고설에게 받은 은자 백 냥이 고마워 얼떨결에 휘말렸는데, 어쩌다가 작금의 상황에 있게 된 것인지.

"운명은 참으로 괴이한 놈이구나."

결국 팔자 탓으로 돌릴 수밖에 없었다.

독고무영이 천류영의 뒤를 따라왔다가 혼잣말을 듣고는 입을 열었다.

"허! 자네의 심장은 철로 만들었나? 대단하군. 마교의 정예가 우리를 향해 서슬 퍼런 기세로 하산해 오는 마당에 웬 운명 타령인가?"

그 말에 퍼뜩 정신을 차린 천류영이 쓴웃음을 입에 물었다.

독고무영의 지적처럼 지금 넋두리나 하고 있을 때가 아니었다.

천류영이 어깨를 으쓱하고는 뒤통수를 긁적였다.

그의 쑥스러워하는 표정에 독고무영이 나직하게 너털웃음을 터트렸다.

"허허허. 여기에 있는 그대가 신기하기도 하겠지. 나역시 그러니까. 어쨌든…… 자네는 지금의 운명이 괴이하다지만, 우리에게는 자네가 놀라움이라네. 우리와 함께해 줘서 진심으로 고맙게 생각하고 있네."

"저 같은 사람이 있을 곳이 아닌데……."

독고무영은 어느새 산허리까지 내려온 흑랑대를 보면서 천류영과 나란히 섰다.

"자네 같은 사람이라는 뜻은 뭔가?"

"저는 어제까지만 해도 짐꾼 나부랭이였으니까요. 그런데 저 같은 사람이 높으신 무사 나으리들과 함께……."

천류영은 말을 흐리자 독고무영이 정색을 했다.

"스스로를 비하하는군."

"글쎄요. 자기 비하가 아니라 정확한 현실 인식이겠지요."

"여태 평범하게 살아왔다고 해서 자네가 평범한 것은 아닐세."

"……."

"자네가 평범하다면 무서워 덜덜 떨어야 정상이네. 그러나 지금 자네는 여기 있는 이들 중에서 가장 냉정하게 상황을 파악하고 있어."

천류영은 입을 우물거리다가 멋쩍은 표정으로 답했다.

"살기 위해 발악하는 중입니다."

"······?"

"판단을 함에 사소한 실수라도 한다면 결국 죽게 될 것이 아닙니까? 그래서 냉정하려고 기를 쓰고 있는 것뿐입니다."

독고무영은 수염을 쓰다듬으며 진지하게 말했다.

"살기 위해 발악하고 기를 써도 대부분의 사람은 이 같은 상황에서 평정심을 유지하지 못하네. 오히려 더 공황에 빠지기 십상이지. 위기에 차분해질 수 있는 것, 그건 결코 단순한 노력으로 되는 것이 아니야. 타고난 것이지. 그리고 그건 하늘이 자네에게 내려 준 재능이네."

"······."

"자네는 평범하지 않아. 그것을 받아들이게. 그러면 기회를 잡고 더 높은 곳으로 비상할 수 있을 것이네. 운명이란······ 강자에게 약하고, 약자에게 이빨을 들이미는 놈이지. 스스로 맞서지 않으면 자네를 늘 고통으로 몰아가는, 악질적인 놈이 운명의 본질이네."

천류영은 독고무영의 말을 속으로 곱씹었다.

운명의 본질.

그 고약한 놈에게 끌려가지 않기 위해서는 당당하게 맞서야 한다는 사실.

독고무영의 조언은 틀린 것이 없었다. 맞는 말이다.

그러나 천류영은 안다.

그 당연한 사실이 누군가에게는 오를 수 없는 하늘만큼이나 어렵다는 것을.

금 숟가락을 입에 물고 태어난 사람은 누구나 당연하게 더 높은 곳을 향해 도전한다.

좋은 환경, 뛰어난 스승, 그리고 아낌없는 지원을 통해 스스로의 운명을 개척할 수 있다.

그러나 태어나면서부터 끼니를 걱정해야 하는 사람에게 운명은 태산보다 더 높은 철옹성으로 앞을 가로막는다.

도전하고 개척하라고?

무엇으로?

하루 종일 밥 벌어 먹고 살 궁리만 해도 벅찬 상황에 있는 이에게 독고무영의 말은 사치다.

'그럼에도…… 포기하지는 말아야 하는 것. 그게 또 인생이겠지.'

천류영은 상념을 털고는 전면을 주시했다.

흑랑대가 마침내 산 아래에 당도했다.

그들과의 거리는 이제 백여 장의 황량한 대지가 전부.

땅바닥에 앉아 있던 부상자들이 휴식을 끝내고 일어났다.

독고무영이 상기된 얼굴로 입을 열었다.

"휴우우, 다시 싸움의 시작이군."

천류영이 고개를 주억거리며 말을 받았다.

"예, 일단 저들을 전멸시켜야겠지요. 제가 그리고 우리가 살기 위해서라도."

듣기 좋은 중저음에 독고무영은 고개를 돌려 천류영을 보았다.

약간 흔들리는 것 같았던 천류영, 그가 다시 예리한 눈빛과 담대한 표정을 회복했다.

독고무영은 '역시!'라는 생각을 하며 감탄스런 표정을 지었다. 그리고 궁금했던 것을 물었다.

"저들이 우리를 보고 물러갈 수도 있지 않겠나? 우리는 도망친 것이 아니라 전장을 이동했을 뿐이니."

흑랑대보다 더 많은 인원.

거기다가 일종의 변형이긴 하지만 배수진을 쳤다.

삼십 년을 야전에서 살아온 흑랑대주가 이곳의 단단한 결의를 읽지 못할 리 없었다.

그러나 천류영은 단호하게 말했다.

"올 겁니다."

독고무영이 눈을 가늘게 뜨며 물었다.

"어떻게 그리 확신할 수 있나?"

천류영이 빙그레 웃었다.

"삼십 년을 야전에서 살아온, 산전수전 다 겪은 뛰어난 장수니까요."

"뛰어난 장수라서?"

"예. 그의 입장에서는 우리의 배수진이 오히려 그의 투쟁심을 자극할 겁니다. 더구나 우리는 부상자가 많다는 약점이 있습니다."

그의 말에 독고무영이 입가에 미소를 지었다.

많은 부상자. 그 부상자의 절반은 위장이니까.

천류영은 산 아래에서 잠시 멈춰 숨을 돌리고 있는 흑랑대를 주시하며 말을 이었다.

"승산이 보이는데 물러설 이유가 없습니다. 또한 이것이 가장 중요한데…… 대국적 견지에서, 마교와 흑랑대의 향후 입장을 생각해서라도 여기서 물러설 수 없을 겁니다. 그는 긍지 높은 장수이니, 나무뿐만 아니라 숲도 볼 테니까요."

천류영의 낭랑한 말에 주변의 부상자들이 모두 귀를 기울였다.

"나무가 아닌 숲이라……. 그건 무슨 의미인가?"

"지금 이 싸움은 마교 그리고 새외변황 무림의 통일 조직인 흑천련이 연합해서 중원 무림을 침공한 것 아닙니까?"

독고무영이 고개를 끄덕였다.

"그렇지."

"그 서전(緖戰)의 뒷맛이 쓰다면, 사천 분타의 점령이 빛이 바랠 겁니다. 저들은 단단히 준비를 했을 터인데 시작부터 결과가 만족스럽지 않다면…… 흑천련은 마교의 저력에 의심을 품게 될 테니까요. 과연 마교가 중원 무림을 정벌할 능력이 있는지 말입니다."

모두가 천류영의 낭랑한 목소리에 홀리듯 빠져들었다.

"그건 마교의 입장에서 결코 달가운 일이 아닐 것이고, 흑랑대주라면 그런 것을 잘 인지하고 있을 겁니다. 또한 여기서 흑랑대주가 꼬리를 말고 돌아선다면, 마교는 여기서 벌어진 패배를 책임질 희생양으로 흑랑대를 지목할 공산이 높습니다. 그걸 야전에서 삼십 년이나 살아온 사람이 모를 리 없지요."

사람들은 천류영을 새삼 다른 시선으로 보았다.

이 사람이야말로 나무가 아닌 숲을 보고 있지 않은가?

작은 전투에 매달려 이기는 것을 궁리하는 시간도 모자랄 판에 그런 것까지 염두에 두고 있다는 것이 신기하기까지 했다.

일제히 쏟아지는 시선이 부담스러웠는지 천류영이 뒤통수를 긁적거리며 말을 돌렸다.

"어쨌든 그건 말 그대로 대국적 견지에서 보는 것이고, 지금 중요한 건 코앞에 닥친 이 싸움이지요. 수적으로 열세인 저들은 창이 되어 우리의 방패를 뚫으려 할 겁니다. 야차검의 말처럼 저들의 능력이 그리 출중하다면 못 뚫을 이유가 없지요."

순간 천류영의 눈빛이 강렬해졌다.

그리고 그의 입가에 얼음장 같은 미소가 피어올랐다.

"그렇게 우리의 방패가 뚫리는 순간, 그들은 깨닫겠지요. 우리는 배수진을 친 방패가 아니라 늪이란 것을. 빠져나올 수 없는 늪 말입니다."

천류영의 확신 어린 말에 독고무영을 비롯한 주변의 정파인들이 혀를 내둘렀다.

*　　　*　　　*

흑랑대주 초지명은 고수들이 많은 천마신교에서도 용장으로 손꼽힌다.

그러나 그가 무공만 고강한 단순무식한 장수라고 판단한다면 큰 착각이다.

그의 삼십 년 가까운 야전 생활은 자연스럽게 장수로서 갖춰야 할 판단력과 혜안을 안겨 주었다.

초지명은 야산을 내려오면서 정파인의 진형을 세심히 살폈다.

방진(方陣).

병력을 사각형으로 편성하는 진세다.

소수의 인원이 충돌한다면 굳이 진형이 필요 없다. 그러나 일정 규모 이상으로 커지는 집단 간 전투에서는 효율적으로 부대를 이끌어, 가진 바 힘을 극대화시키는 진을 쓰는 것이 훨씬 유리하다.

방진은 주로 공격 시 편성하는데, 수비에도 흔히 쓰인다.

가장 단순한 진형이지만 아군이 똘똘 뭉쳐서 한 방향으로 움직이기에 힘의 낭비를 막을 수 있다는 장점이 있기 때문이다.

또한 모여 있기에 수뇌부가 수하들에게 지시를 명확하게 전달, 일사불란하게 움직일 수 있다는 이점도 있다.

"잠시 정지한다."

초지명은 산 밑에 다다르자 수하들을 멈추게 했다.

낮다고는 하지만 험준한 산 하나를 단숨에 넘었다.

아무래도 호흡이 거칠어질 수밖에 없는 처지.

초지명은 수하들에게 목을 축이라 지시하고는 좌우에 있는 조장들을 향해 말했다.

"결국 도망이 아니라 맞서 싸우는 것을 선택했군."

흑랑대 일조장이 말을 받았다.

"부상자가 많아 도망치는 데 한계가 있으니 어쩔 수 없는 선택이 아니겠습니까?"

초지명이 고개를 끄덕이며 미간을 좁혔다.

"방진이라……. 독특하지 않나?"

"방진은…… 개나 소나 다 쓰는 진형 아닙니까?"

"그냥 방진이 아니다. 절반 가까운 후위의 병력이 모두 부상자다."

이미 절반 정도가 부상자임은 산으로 도망칠 때 어림짐작했던 사실이라 딱히 특별한 건 없었다.

하지만 아무래도 시야를 가리는 나무들로 인해 정확한 판단을 할 수 없었는데 이제는 명확해졌다.

초지명의 좌측에 있는 이조장이 시큰둥하게 대꾸했다.

"그거야 당연한 것 아닙니까? 본대(本隊)와 충돌할 전면에 부상자들을 배치할 수야 없지요."

초지명이 혀를 차고는 이조장을 나무라는 시선으로 보았다.

"정파의 수뇌부가 바보가 아니라면 부상자들 중 아주 심각한 이들을 제외하고는 멀쩡한 놈들 사이에 꽂아 두었을 것이다."

초지명의 말에 일조장이 미간을 좁히며 '아!' 하는 나직한 탄성을 흘렸다.

"대주님의 말씀이 옳습니다. 없는 병력도 있는 것처럼 꾸며야 하는 것이 정상일진데, 저들은 부상자들을 모두 뒤로 물렸군요. 그나저나 왜 저런 약점을 우리에게 노골적으로 노출시키는 걸까요?"

초지명은 앞으로 움직이면서 말을 받았다.

그가 걷자 뒤의 수하들도 심호흡을 하며 뒤따랐다.

"약점을 드러냈지만, 반대로 스스로의 의지표현이기도 하지."

이조장이 눈을 동그랗게 뜨며 물었다.

"예? 의지 표현이요?"

"저건 일종의 배수진이다. 후위의 부상자들을 지키기 위해 남은 이들이 목숨을 걸고 전선을 사수하겠다는 의지를 담은 방진이라는 말이다. 즉, 저들은 우리가 수적으로 열세이니 중앙을 관통하는 전술을 쓸 것을 읽고 대비한 거다. 결코 뚫리지 않겠다는 의지를 담은 배수진이지."

그의 말에 이조장이 비릿한 미소를 지었다.

"결국 창과 방패의 대결이란 말씀이군요. 우리는 뚫고, 저들은 막고. 그런데…… 사실 우리가 원하는 것 아닙니까? 우리는 돌파엔 일가견이 있는 흑랑대가 아닙니까?"

초지명이 구 척의 긴 청룡극을 어깨에 걸쳤다.

"뭐, 그렇게 생각할 수도 있겠지. 어쨌든 생각보다 돌파하는 데 저항이 심할 터! 마음가짐을 단단히 해야 할 것이야."

어느새 정파인들과의 거리는 칠십여 장으로 줄었다.

그들의 선두는 침묵하며 비장한 결의를 역력하게 드러내 보였다.

일촉즉발의 상황에서 함성보다 침묵을 선택한 정파인들. 그것은 오히려 더한 의지를 암암리에 흘렸다.

올 테면 와 보라는 결사항전의 의지가 칠십여 장의 거리를 뛰어넘어 마교도들에게 전해졌다.

이른바 무언의 함성이고 기백이었다.

일조장이 눈살을 찌푸리며 혀를 찼다.

"동료 부상자들을 지키기 위한 배수진이라……. 뭐, 나름 감동적이군요. 대주님 말씀대로 뚫는 데 애 좀 먹겠습니다."

이조장이 어깨를 으쓱하며 웃었다.

"크크큭. 놈들은 우리에게 시위하고 있는 겁니다. 서로 피해가 클 터이니 이쯤에서 우리가 물러나면 서로 좋지 않겠냐고 말이죠. 그나저나 무적검은 어디에 있는 걸까요?"

일조장이 대꾸했다.

"방진이니 수뇌부는 중간이나 후위에 있을 것인데, 뒤쪽 절반은 부상자이니 가운데에 있겠지. 그를 얼마나 빨리 제거하느냐가 핵심이 될 거네."

이조장이 치렁치렁한 머리카락을 이마 뒤로 쓸어 넘기며 다시 말을 받았다.

"대주님을 무적검이 막아서면 일조장과 저는 그의 옆으로 계속 전진하겠습니다. 우리가 부상자들을 도륙하기 시작하면 무적검은 평정을 잃을 공산이 큽니다. 그러면……싸움은 끝나는 거지요. 크크큭."

그들은 무적검 외의 다른 고수는 전혀 개의치 않는 표정이었다.

기실 그건 천마신교 마인들의 특성이기도 했다. 아주 유명한 정파의 고수가 아니면 무시하는 경향이 마교도들에게 있었다.

초지명은 담담하게 고개를 끄덕였다.

그러나…… 그의 눈빛은 점차 타오르고 있었다.

뚫는다!

단숨에 관통하겠다는 의지가 초지명의 눈에서 흘러나왔다.

자신이 왜 전장의 창이라 불리는지 정파인들의 머리에 각인시켜 줄 참이었다.

어느새 서로의 거리가 오십여 장으로 줄어들었다.

초지명이 문뜩 멈추고 돌아서 수하들을 향해 외쳤다.

"짧게 말하겠다. 우리의 동료들이 저 산 너머에서 죽었다."

흑랑대원들이 주먹을 불끈 쥐고 대주를 주시했다.

초지명의 음성이 높아졌다.

"흑랑대 한 명의 목숨은……."

조장들과 흑랑대원들이 동시에 입을 열었다.

"열 배로 돌려받는다!"

사위의 허공을 쩌렁쩌렁 울리는 고함.

초지명의 입꼬리가 올라가며 한기 어린 미소를 만들었다. 그는 청룡극을 치켜들며 외쳤다.

"그렇다. 그게 흑랑대의 의지이며 나 초지명의 투지다. 잔머리는 필요 없다. 전장에서나 인생에서 우린 늘 배수진을 치고 살아왔다. 저들이 급조한 알량한 배수진 따위는 우리의 칼로 뚫는다. 후회하게 만들어 주자. 스스로의 퇴로를 막은 어리석은 저들에게 우리의 강함을 보여 주자!"

"와아아아아!"

거대한 함성에 대기가 몸살을 앓았다.

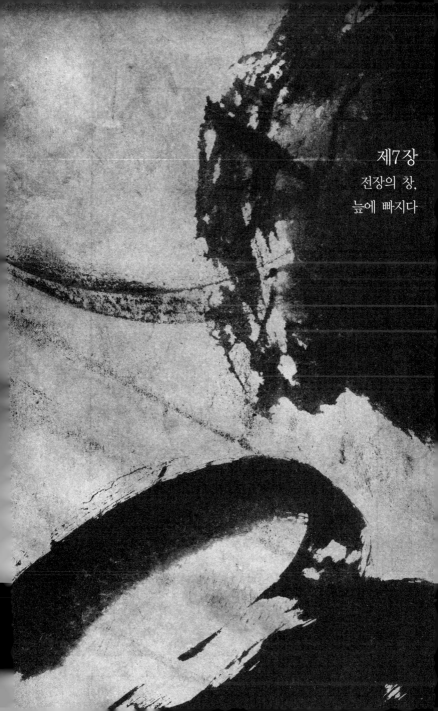

제7장
전장의 창,
늪에 빠지다

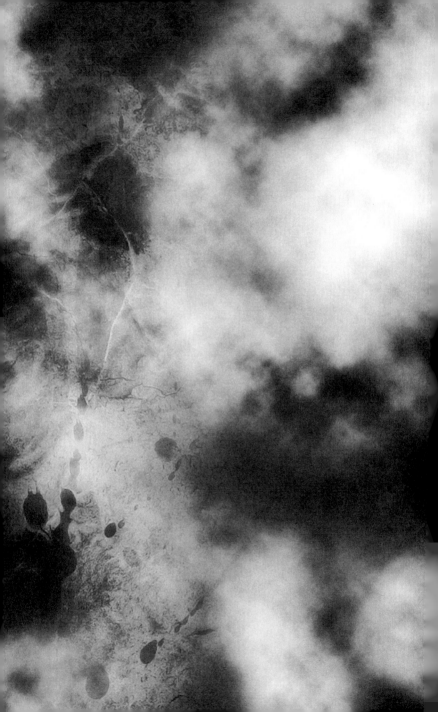

1

흑랑대의 열렬한 함성을 들으며 초지명이 다시 돌아서서 앞을 보았다. 긴장한 정파인들의 얼굴이 생생하게 눈에 들어왔다.

특히나 선두에 있는 이들은 그동안 무엇을 했는지 피한 방울 묻지 않았다.

깨끗한 옷 그리고 깨끗한 얼굴.

교전을 치르지 않아 체력과 내공 소모가 적은 이들을 전면에 내세운 것 같은데 정파인들은 큰 실수를 한 것이다.

한눈에 봐도 대부분이 풋내기들이었다.

아마 천랑대주가 말한 현무단의 애송이들이리라.

저들은 삼십 년간 수라장을 헤치고 나온 자신을 결코 상대할 수 없다.

초지명은 양팔을 벌리고 몇 차례 크게 심호흡을 했다. 그의 단전이 빠르게 회전했다. 내력을 끌어 올려 전신의 기운이 충만해졌다.

팔의 근육이 꿈틀거리며 힘줄이 툭툭 불거졌다.

청룡극이 태양을 받아들였다가 빛 무리를 사방으로 흩뿌렸다.

우우우웅.

청룡극이 희미하게 떨리며 울었다. 그의 진신 내력이 주입되는 것이다.

그가 발을 앞으로 내딛었다.

한 발, 그리고 또 한 발.

힘이 들어간 걸음에 대지가 움푹 파였다.

최선두에서 천천히 걷는 그의 걸음이 조금씩 빨라졌다.

그가 고함을 지르며 뛰었다. 그러자 그 뒤를 따르는 수하들도 빠르게 앞으로 달렸다.

질주하는 흑랑대의 진형은 자연스럽게 추행진(錐行陣)으로 편성되었다.

적을 돌파할 때 추처럼 병력이 배치되는 삼각형 편대.

적을 돌파할 때 가장 많이 사용되어지는 진형이다.

추행진의 병력 편성은 선두에 고수들이 운집한다.

상대의 수비를 빠르게 뚫고 돌파해야 하기 때문이다.

삼각형의 선두 꼭지점에는 언제나 그렇듯이 초지명이 앞장섰다.

그리고 그와 오랜 세월 손발을 맞춘 일조장과 이조장이 좌우에서 따랐다.

*   *   *

정파 방진의 선두 이열은 현무단의 사조 삼십 명이다. 그리고 그다음 이열은 오조.

동료들이 싸우는 동안 구경만 하느라, 넘치는 것이 체력인·그들은 각자의 병장기를 들고 달려오는 마교도들을 향해 힘껏 소리를 질렀다.

"오라!"

"뒤편의 동료를 생각하라! 반드시 막아야 한다!"

"목숨을 걸고 자리를 사수하라!"

현무단 오조장 독고설은 사조 뒤에서 이를 악물고 검을 힘껏 움켜쥐었다.

발은 어깨너비보다 한 보 넓게, 양팔은 옆구리에 붙인 상태에서 검을 전면으로 겨눈다. 심장을 보호함이다.

두근두근.

심장이 미친 듯 뛰었다.

전신의 피가 빠르게 휘도는 것이 느껴졌다. 진기는 사지팔맥으로 거침없이 흐른다.

이제 흑랑대와의 거리는 이십여 장.

우락부락한 외모의 흑랑대주가 거대한 청룡극을 허공으로 치켜든 채 달려온다.

그의 단단한 동체에서 뿜어져 나오는 기파가 여기까지 전해져 와 질식할 것만 같았다.

이건 정말로 엄청난 위압감!

자칫 자신도 모르게 적장을 향한, 대단하다는 감탄이 나올 것만 같았다.

집단전으로 싸워 봤던 비적들이나 몇몇 사파의 고수들과는 차원이 다른 압력이 그녀의 전신을 짓눌렀다.

이게 바로 마교의 힘이구나! 이래서 정파의 많은 명숙들이 마교를 두려워하는 거구나! 아버지와 동료들은 방금 전까지 이런 강자들과 싸우고 있었던 거구나!

독고설은 이를 악물었다. 그녀의 잇새 사이로 단호한 음성이 흘러나왔다.

"지지 않아!"

뜨거운 볕이 내리쬐는데 몸은 한겨울 삭풍을 만난 것처럼 추웠다. 몸은 식고 가슴은 뜨거워졌다.

흑랑대와의 거리 이제 십여 장.

앞줄에 있는 사조장이 공력을 담아 고함쳤다.

"현무단 사조! 겁내지 마라! 당당히 맞서라!"

이제 불과 오 장. 그리고 삼 장.

흑랑대주 초지명의 구 척 청룡극이 허공을 갈랐다.

*   *   *

현무단 사조장, 서른다섯 살의 공덕언.

단신(短身)이나 상당한 근육질을 자랑하는 그는 좌우의 사조 수하들이 다가오는 흑랑대주의 기세에 얼어붙고 있음을 직감했다.

그만큼 흑랑대주의 돌진은 서슬 퍼렇게 날이 서 있었고, 황소처럼 거대하게 느껴졌다.

마치 강철 벽이 다가오는 듯한 압박에 자신조차 숨쉬기 힘들 지경이었다.

물론 현무단원들 대부분이 아직 대규모 집단전의 경험이 별로 없는 이십대의 청춘이라는 점도 한몫했다.

"현무단 사조! 겁내지 마라! 당당히 맞서라!"

공덕언이 고함을 질렀다.

그의 내공이 실린 음성에 사조 현무단원들이 참고 있던 숨을 털어 냈다. 얼어 가던 그들의 정신과 육체가 깨어났다.

"하아아아. 하아아!"

그들의 손에 들린 병장기가 일제히 상단으로 올라갔다.

흑랑대의 압박에서 벗어난 수하들은 칼을 힘껏 고쳐 잡았다.

자신들이 맡은 임무는 적을 꺾는 것이 아니다.

그저 흑랑대 선두의 예봉을 십여 합만 막고 밀리는 척하는 것이다. 그러면 뒷줄의 오조가 자신의 앞으로 나와 역시 십여 합을 막는다.

그 뒤로 현무단 일, 이, 삼조가 동시에 나설 것이고, 사조와 오조 역시 함께 움직여 다시 앞 조의 뒤를 받치는 것이다.

수비에 치중하며 실제로는 뒤로 물러난다. 그렇게 저들을 방진의 안으로 끌어들이는 것이 현무단이 해야 할 일이었다.

방진의 안에서 동료와 협력해 치고 빠지는, 일종의 차륜전(車輪戰).

상대를 제압하는 것이 아니다.

그 정도도 하지 못해서야 어찌 무림맹의 현무단이라 불릴 수 있겠는가?

기실 현무단 대부분이 애송이라 할지라도 결코 하수는 아니다.

탄탄한 기본기 위에 자신의 절기를 어느 정도 완성한 후기지수들.

즉, 십여 년이 지나면 무림맹의 중간 간부가 될 인재들이다. 일부는 더 높은 곳까지 상승할 것이고 말이다. 그중엔 패왕의 별을 남몰래 꿈꾸는 이들도 있었다.

그들의 눈이 반짝거리며 빛이 났다.

공덕언은 만족스러운 표정으로 이제 코앞에 당도한 흑랑대주를 직시했다.

처음의 일합은 자신이 받아 준다.

그는 검을 치켜들며 앞으로 발을 내디뎠고, 그 순간 흑랑대주의 청룡극이 허공을 쪼갤 듯이 휘둘러졌다.

부우우웅!

묵직한 파공성.

그러나…… 소리와는 다르게 그의 청룡극은 벼락처럼 빨랐다. 그건 현무단 사조장, 공덕언이 예상했던 속도가 아니었다.

서걱!

"……!"

현무단 사조가 모두 눈을 화등잔만 하게 떴다. 조장의 얼굴이 허공으로 떠올랐다.

단 일 합에 목이 베인 것이다.

"와아아아아!"

뒤따라오는 흑랑대의 함성이 더욱 커졌다.

부우우웅!

흑랑대주의 청룡극이 다시 움직였다.

"끄아아악!"

"커흑!"

사조원 두 명이 동시에 비명을 질렀다. 그들의 허리가 깊게 베여 피와 내장이 콸콸 쏟아졌다.

초지명의 좌우로 흑랑대 일조장과 이조장이 땅을 박차고 허공으로 뛰어올랐다가 떨어져 내렸다.

슈가가각!

쇄애애액!

현무단원 둘이 또다시 비명도 못 지르고 이승을 떠났다.

그리고 초지명의 청룡극이 또다시 두 명의 목숨을 단숨에 앗았다.

"끄아아악!"

정파의 선두에서 잇달아 피분수가 터졌다.

부우우웅! 쇄애애액! 파아아앗!

흑랑대주, 흑랑대 일조장, 흑랑대 이조장.

그 셋이 동시에 펼친 공격에 다시 넷이 죽었다.

그리고 초지명은 거침없이 앞으로 발을 내디뎠다.

부우웅! 붕붕!

공기마저 찢어질 듯하다. 구 척의 기다란 청룡극은 한 바퀴 빙글 허공을 돌고 또다시 한 바퀴를 돌았다.

그 안에 있는 공간이 마치 짜부라지는 듯 펑펑 폭음을 일으켰다.

압도적인 힘, 심후한 내공.

"괴, 괴물이야…… 으아아악!"

막는 자가 없다. 아니, 막을 수가 없다.

뭔가 생각을 할 수도 없는 짧은 순간에 현무단원들이 속속 목숨을 잃었다.

정파인들은 이 엄청난 무위에 충격을 받았다.

흑랑대주 초지명!

중원 무림에 잘 알려지지도 않은 자가 이렇게나 고수였단 말인가?

천마신교의 장로인 흑귀도 마신랑이나 냉혈쌍절에 비해 전혀 떨어지지 않는 실력이다. 아니, 더 강했다!

이자를 막으려면…… 무적검 한추광이 나서야 했다. 그러나…… 그렇게 되면 세워 두었던 작전은 물거품으로 돌아간다.

방진의 중간에 있던 한추광이 고개를 돌려 후위의 천류영을 찾았다. 아니, 그뿐만 아니라 방진 중간 부분부터의 정파인은 상당수가 뒤로 고개를 돌려 천류영을 보았다.

어떻게 대처해야 하는가?

그들은 어느새 모든 상황 판단을 천류영에게 의시하고 있었다.

이번 계획의 입안을 한 자가 바로 그였으니까.

천류영은 전황을 정확히 보기 위해, 팔을 다쳐 싸울 수 없는 한 부상자의 도움을 받았다. 즉, 부상자가 천류영을 목마 태우고 있었다. 그래서 정파인들은 곧바로 천류영을 찾을 수 있었다.

한추광은 천류영의 얼굴을 보고는 자신도 모르게 신음을 흘렸다.

상황이 예상과 다르게 흘러가는 것에 놀란 자신도 심장이 벌렁거렸다. 그러나 천류영은 담담한 표정이었다.

순간 한추광과 천류영의 시선이 허공에서 마주쳤다.

천류영은 한추광이 자신을 볼 것이라 짐작하고 그를 향해 고개를 돌린 것이다.

천류영은 함부로 움직이지 말라는 뜻으로 고개를 젓고는 정확한 입모양으로 말했다.

[계. 획. 대. 로. 갑. 니. 다.]

그가 말하는 모습을 한추광뿐만 아니라, 독고무영, 그리고 능운비 등 많은 이들이 보았다. 순간 그들의 가슴에 섬뜩한 한기가 어렸다.

적장인 흑랑대주의 무위도 놀랍지만, 무공도 모르는 천류영의 저런 배포도 경악스러웠다. 그러면서 한편으로는 다행이라는 생각도 들었다.

만약 천류영이 당황한 모습을 보였다면…… 자신들은 진짜 혼란에 빠질 수도 있었다.

천류영은 다시 시선을 전면에 두었다.

그리고 거침없이 청룡극을 휘두르는 흑랑대주를 물끄러미 보았다. 어느새 사조의 절반이 목숨을 잃었다. 그야말로 순식간에 벌어진 일.

보다 못한 오조의 야차검 조전후가 버럭 고함을 지르며 앞으로 움직이자 독고설을 비롯한 오조도 따랐다. 생각보다 훨씬 이른 오조의 투입이다.

사조는 정말이지 한 것도 없이 무너졌다고 봐야 했다.

급변하는 전황을 천류영은 물끄러미 보았다. 마치 자신과는 전혀 상관없는 일처럼. 그러나 그는 남들이 모르게 한숨을 삼켰다.

'십여 초식 정도는 여유롭게 받을 수 있다더니…….'

결국 현무단 사조장의 자만이 불러온 참사였다. 물론 그 조장만의 잘못이라고는 할 수 없을 것이다.

흑랑대주 초지명의 무위가 저 정도일 거라고는 아무도 생각하지 못했으니까.

천류영은 사조가 어느새 완전히 무너지고 오조가 그 앞을 막아서려는 모습을 보다가 주변으로 고개를 돌렸다.

그리고 근처에 부상자들 중 그나마 형편이 나아 보이는

곤륜파의 젊은 제자를 불렀다.

"저기, 잠시만 제 부탁 하나만 들어주겠습니까?"

"예, 말씀하십시오."

천류영이 지금 얼마나 중요한 역할을 하고 있는지 아는 그가 깍듯이 말했다.

"능운비 현무단주에게 제 말 좀 전해 주십시오."

전령을 해 달라는 뜻이다.

"예, 알겠습니다. 무슨 말을 전하면 됩니까?"

"지금 보니 흑랑대주의 약점이 보여서요."

"예?"

곤륜의 제자는 순간 멍청한 표정을 짓고 말았다.

그뿐만 아니라 주변의 부상자들도 검지로 자신의 귀를 후비는 동작을 취했다.

천류영.

이 사람은 무공을 모른다. 아니, 설사 무공을 안다고 해도 그가 어찌 흑랑대주 같은 절정 고수의 약점을 말할 수 있단 말인가? 그리고 흑랑대주의 싸움을 얼마나 보았다고?

"하하하."

곤륜 제자는 너무 기가 차서 자신도 모르게 웃었다.

이건 분명히 긴장을 풀라고 하는 농일 것이다. 그러나 이내 눈치를 보며 급히 손으로 입을 틀어막았다.

지금 저 앞에서 동료들이 피를 뿌리고 죽어 가고 있는데 웃음이라니.

그는 자책하며 천류영에게 발끈 성을 냈다.

"어, 어찌 그런 농을 하시는 겁니까? 지금 상황이 어떤지 보이지 않는 것입니까? 아무리 큰 도움을 주신 귀인이라고는 하나, 할 말이 있고 못할 말이 있는 겁니다."

천류영이 계속 흑랑대주를 보며 말했다.

"제가 지금 농담이나 하고 있을 처지라고 생각하시는 겁니까? 시간이 없습니다. 더 피해가 커지기 전에 막아야 되지 않겠습니까?"

들으면 들을수록 정말 멋진 목소리였다.

이런 음성이라면 거짓말을 해도 신뢰가 절로 생길 만했다. 하긴 미치지 않고서야 이런 상황에서 농담을 하지는 않을 터.

그가 고개를 갸웃하며 물었다.

"정말이십니까?"

천류영이 미간을 찌푸렸다.

그러나 지금 이 사람과 말씨름할 시간 따위는 없었다.

"일단 능운비 단주께 전해만 주십시오. 판단은 그분이 알아서 하시겠지요. 그리고 돌아오면서 한 대협에게도 알려 주십시오. 시간이 없으니 서둘러 주십시오."

"뭐, 일단 알겠습니다. 말씀해 보십시오."

곤륜 제자는 천류영 옆에 바짝 붙어 귀를 쫑긋 세웠다.

하지만 그의 얼굴은 쓸데없는 짓을 한다는 기색이 역력했다.

만약 여러 번 목숨을 구해 준 귀인이 아니라면 결코 지금처럼 말을 들어 주는 척도 하지 않았을 것이리라.

그러나 심드렁했던 곤륜 제자의 눈이 천류영의 말을 들으면서 점점 커졌다.

눈동자가 거칠게 흔들렸다. 너무 놀라 안색까지 핼쑥해졌다.

그는 말을 다 듣고 눈을 껌뻑이면서 멍하니 천류영을 보았다.

곤륜 제자의 손이 바들바들 떨리는 것이 왠지 위태로워 보이기까지 했다. 그는 침을 꿀꺽 삼키고는 물었다.

"대체…… 대체 당신은 누구십니까?"

2

경악한 곤륜 제자의 질문에 주변에 있던 부상자들은 강렬한 호기심을 느꼈다.

대체 무슨 말을 들었기에 사람의 표정이 저리 한순간에 변할 수 있는 것일까?

지금 이 순간만큼은, 피 튀기는 최전선의 상황보다

천류영이 무슨 말을 했는지가 더 궁금할 지경이었다.

천류영은 자신이 누구냐는 질문에 눈을 껌뻑이며 대꾸했다.

"천류영인데요. 아니지, 지금 뭐하시는 겁니까? 화급을 다투는 일입니다."

천류영의 미간이 찌푸려지자 곤륜 제자가 화들짝 놀라며 대꾸했다.

"아차! 죄송합니다. 너무 놀라서……."

곤륜 제자가 앞으로 급히 달음박질쳤다.

천류영은 다시 전면을 뚫어지게 보았다.

동시에 가끔 오른쪽 초원을 곁눈질하는 것도 잊지 않았다.

만약 마교의 추가 지원군이 있더라도 지금 오면 안 된다. 흑랑대를 궤멸시킨 후에 와야 했다. 물론 오지 않는 것이 가장 좋다는 건 두말할 나위가 없었다.

표정은 침착했으나 그의 손바닥은 초조함으로 식은땀이 흥건했다.

쩌엉!

구 척의 청룡극과 오 척의 대검이 부딪치며 시퍼런 불꽃을 일으켰다.

흑랑대주 초지명의 눈에 이채가 흘렀다. 끊임없이 전진

하던 자신을 막아선 거구의 사내.

야차검 조전후다. 그가 눈을 부라리며 외쳤다.

"흑랑대주! 우리를 얕보지 마라. 나는 야차검 조전후!
너를 막아 주마."

열혈남아의 뜨거운 기개가 넘쳤다.

초지명 흑랑대주, 그는 어린 시절 함께 뛰어놀던 북해
빙궁의 친우들을 죽인 원수.

그 복수를 하겠다는 결의가 서릿발처럼 표정에 드러났
다.

자신의 검을 마음껏 휘두를 수 있는 얼마 안 되는 상대.
무인으로서의 호승심도 들끓었다.

사실 자신의 역할은 흑랑대주를 꺾는 것이 아니다.

시간만 끌면 된다. 그러나…… 만약 자신이 흑랑대주를
제압한다면 더할 나위 없이 좋은 것이 아닌가?

처음으로 걸음을 멈춘 초지명의 입꼬리가 쭈욱 하니 올
라갔다.

명백한 비웃음.

"후후후. 야차검? 그래 봤자 승냥이일 뿐."

조전후가 싸늘하게 대꾸했다.

"그래. 웃을 수 있을 때 맘껏 웃어라. 딱, 한 가지만 말
하마. 북해빙궁을 기억하나? 그곳은 내 고향. 내 어릴 적
벗들이 너에게 죽었다. 내 벗들의 복수를……."

초지명의 눈에 이채가 스쳤다.

그는 조전후의 말허리를 끊었다.

"그래? 그럼 그 벗들에게 너도 보내 주지."

우락부락한 조전후의 얼굴 위로 갑자기 초지명의 청룡극이 바람을 가르며 향했다.

쇄애애액.

쩡!

허공을 찢는 쇳소리. 그리고 조전후의 눈이 동그래졌다.

악문 입술 사이로 신음이 흘러나왔다.

"크으윽. 새, 생각보다 더 세구나."

조금 전에 받았던 것보다 훨씬 강한 충격이 조전후의 전신을 강타했다.

그렇다면 흑랑대주는 지금까지 전력을 다한 것이 아니란 뜻이다.

왜일까? 혹시 무적검을 대비한 것일까?

고통의 단말마와 함께 조전후의 신형이 뒤로 네 걸음 주르륵 밀려났다.

그 벌어진 거리를 다시 좁히며 초지명이 전진했다.

부우우웅!

하늘을 향해 올라섰던 청룡극이 땅으로 폭사했다.

으드드득.

조전후는 이를 갈며 검을 위로 올려쳤다.

쩡.

"크윽."

참으려 했지만 다시 신음이 터졌다. 이번엔 다섯 걸음을 밀려나는 조전후.

그는 누구에게도 힘으로는 지지 않는다고 자부했었다.

하지만 지금 그 생각이 얼마나 허망한 것인지 깨달았다.

세 번, 단 세 번 흑랑대주의 극을 받았을 뿐이다. 그런데 팔 전체가 저릿저릿했다.

흑랑대주는 거침없이 전진했다.

또다시 위로 올라간 청룡극이 떨어진다.

조전후는 저걸 계속 맞받으면 자신의 칼이나 몸이 남아나지 않겠다는 생각을 하며 옆으로 몸을 피했다.

정면대결만이 능사가 아닌 법.

덩치와 다르게 상당히 날렵한 보법을 밟던 조전후의 눈가가 거칠게 경련했다.

수직으로 낙하하던 청룡극이 거의 직각으로 틀어져서는 자신의 허리를 베려는 듯이 쫓아왔다.

'어, 어떻게?'

불신의 빛이 그의 눈에 어렸다.

저 엄청난 힘으로 내리꽂던 청룡극을 허공에서 단숨에

꺾을 줄이야.

놀라운 것은 그럼에도 속도가 거의 줄지 않았다는 점이다. 괴력을 넘어서 신력이라고밖에는 할 말이 없었다.

쩌엉!

간신히 막아 냈다. 손아귀가 찢어질 것만 같고, 팔목이 더 아릿했다. 이러다가는 팔 전체에 마비라도 올 판이었다. 그러면 끝장이다.

"헉헉."

벌써부터 숨이 차올랐다.

그러나 흑랑대주는 여전히 여유로운 얼굴로 또 청룡극을 치켜들었다. 조전후의 눈에 비치는 흑랑대주는 인간이 아니었다.

자신의 야차란 별호를 저놈에게 주어야 옳았다.

"젠장! 이거 완전 괴물이잖아!"

조전후는 자신도 모르게 욕설이 터져 나왔다.

쇄애애액!

벼락처럼 꽂히는 청룡극.

쩡!

조전후는 사력을 다해 막았다. 그러나 어김없이 몸은 뒤로 휘청거리며 밀려났다. 뒤로 나동그라지지 않은 것만도 천만다행이었다.

초지명이 버럭 고함을 질렀다.

"그 정도로 나를 막을 수 있겠는가! 그렇게 해서 벗들의 복수를 할 수 있겠는가! 하하핫."

호탕한 웃음과 함께 다시 청룡극으로 하늘을 찔렀다. 그리고 떨어지는 벼락.

쩡!

조전후는 정신이 아득해졌다.

"새, 생각해 보니 딱히 친한 벗들은 아니었다."

"……."

"……."

찰나의 침묵.

곧 초지명이 다시 웃었다.

"크크큭. 지금 농담을 할 여유가 있다는 거구나."

"아, 아니. 진짜다. 습관적으로 서신을 주고받은 사이다. 얼굴도 기억 안 나는 벗이 무슨 벗이야?"

조전후는 가능하면 더 많은 대화를 나누고 싶었다.

금방이라도 마비 걸릴 것 같은 팔을 쉬게 해 주기 위해서. 그러나 안타깝게도 초지명은 꼼수가 통하는 자가 아니다.

쩡쩡쩡! 쩡쩡!

청룡극이 미친 듯 조전후를 때리며 밀어붙였다.

초지명의 공격은 단조로웠다.

그러나 묵직하면서도 빨랐다. 어설픈 잔재주로는 결코

그를 막을 수가 없었다.

쩡쩡쩡……

조전후는 정신이 아득해졌다.

이러다가는 장가도 못 가고 노총각 신세로 죽을 것 같았다.

사실 그는 입버릇처럼 주변 사람들에게 말해 왔다.

엄청난 고수와 싸우다 죽으면 무인으로서 여한이 없을 것이라고. 그러나 냉정히 판단한다면…… 대단한 자와 싸우고도 살아남으면 더 좋지 않겠는가?

또한, 무인으로서 여한은 없겠지만, 사내로서 아직 해야 할 일이 있었다.

노총각 신세는 면하고 죽고 싶었다.

조전후는 계속 밀려나면서 후위의 현무단을 욕했다.

'이 새끼들은 대체 뭐하는 거야? 이젠 교대 좀 해 주라고!'

* * *

힘찬 기합과 함께 땅을 박차고 몸을 날린 독고설의 검이 흑랑대 이조장, 파륵의 전면을 향해 짓쳐 들어갔다.

치렁치렁한 흑발을 흩날리던 파륵은 정파인 한 명의 팔을 베고 몸을 틀려는 시점이었다.

"호오!"

파륵의 입에서 묘한 감탄성이 튀어나왔다.

그리고 손목을 꺾어 자신의 기형도(奇形刀)를 슬쩍 올렸다.

티이잉.

회심의 일격을 노렸던 독고설의 검이 너무나 쉽게 상대의 칼에 튕겨 나갔다.

힘이 잔뜩 실린 공격의 맥을 끊어 흐름을 다른 곳으로 유도하는, 절묘한 이화접목(移花接木)의 수.

적은 힘과 약간의 움직임만으로 최고의 효과를 보는 이화접목은 어지간한 수련이 없는 자라면 꿈조차 꿀 수 없는 경지다.

약간이라도 어설펐다가는 그대로 목숨이 날아갈 수 있는 양날의 검이니까.

파륵은 휘청거리며 물러나는 독고설을 보며 잔혹한 웃음을 피어 올렸다.

"크크큭, 기습을 노렸나? 잘생긴 애송이."

그 질문이 끝나기도 전에 파륵의 기형도가 세찬 바람을 일으키며 독고설의 머리를 쪼갤 듯이 들이닥쳤다.

그녀는 잔뜩 힘을 준 최초의 공격이 허탈하게 무산되면서 몸의 중심을 잃었다.

실수였다.

사조장의 죽음과 그 휘하 조원들이 쓰러지는 모습에 자칫 최전선이 순식간에 붕괴될지도 모른다는 공포에 앞뒤 가리지 못하고 무리한 공격을 시도한 것이다.

슈가가각!

공기를 삼키며 휘둘러지는 기형도가 독고설의 머리를 스쳤다.

베어져 흩날리는 수십여 개의 머리카락들, 그리고 이마에 두르고 있던 영웅건이 나풀거리며 바람에 몸을 맡겼다.

길진 않지만, 흑단 같은 머리카락이 어깨까지 출렁이며 파도쳤다.

옆으로 몸을 트는 것이 촌각만 늦었어도 독고설은 이승을 하직할 뻔한 순간이었다.

파륵이 입꼬리를 비틀며 다시 칼을 휘두르려다가 눈을 부릅떴다.

"여자?"

여인이다. 그것도 숨을 멎게 할 정도로 지독하게 아름다운 절세미인.

그의 기형도가 흔들렸다.

물론 그건 아주 짧은 찰나였을 뿐이다. 하지만 그것이 독고설을 살렸다.

쇄애애액!

그녀의 검이 틈을 놓치지 않고 공간을 찔렀다.

푸슉!

"헉!"

파륵의 얼굴이 오만상으로 일그러졌다. 그는 재빨리 몸을 뒤로 젖히며 공중제비를 돌았다.

파아아아!

한 줄기 선혈이 허공 위로 뿌려졌다.

독고설의 검이 파륵의 오른 팔뚝에 박혔다가 빠지면서 나오는 핏줄기.

"크으윽. 제길!"

중심을 잡으며 착지한 파륵이 이를 갈았다.

어처구니없는 실수를 한 자신에게 화가 치밀었다.

그러고 보니 처음 검을 튕겼을 때도 상대의 힘이 생각보다 강하지 않다는 느낌을 받았다. 굳이 이화접목의 수까지 동원하지 않아도 막을 수 있는 검이었다.

파륵은 상대가 자신에게 공격을 가할 것을 예상하고 기수식을 취했다. 뒤로 공중제비를 돌았으니 절호의 기회가 아닌가?

그러나 독고설은 뒤로 훌쩍 물러섰다.

그 모습에 파륵의 눈에 의아함이 어렸다.

'왜지? 좋은 기회였을 텐데.'

그러나 그는 곧 상황을 간파했다.

흑랑대주가 거침없이 전진하고 있었다. 그리고 흑랑대

원들이 물밀듯이 정파와 충돌하며 나아갔다.

즉, 자신만 뒤로 물러나 버린 꼴이다. 저 계집은 자신을 상대하려다가 고립될 것을 우려한 것이 분명했다.

그러나…… 그건 파륵의 착각이었다.

정파인의 방진은 조심스럽게 변화하고 있었다. 그건 흑랑대의 돌파로 자연스럽게 전면 가운데가 뭉개지는 것처럼 보였다.

하지만 진실은 다르다.

방진이 학익진(鶴翼陣)으로 변화하고 있는 것이다.

중간이 돌파되면서 좌우 끄트머리가 놀라 물러서는 것 같지만, 전체적 그림을 보면 학이 웅크렸던 날개를 천천히 펴고 있는 것이다.

그리고 이제 곧 날개가 활짝 펼쳐질 것이리라.

파륵은 물러선 독고설을 한심하다는 눈빛으로 보며 비웃었다.

"크크큭, 그렇게 소심해서야. 확실히 풋내기군."

파륵이 수비세를 풀고 다시 앞으로 발을 옮겼다.

뚝, 뚝.

그의 팔뚝을 타고 핏물이 흐르다 땅으로 떨어졌다. 파륵은 그 팔을 들어 혀를 가져다 댔다.

"남장여인이라……. 그것도 절세가인. 흠, 내 취향이긴 하지만 살려 둘 수는 없지. 감히 내 피를 보게 하다니."

그가 걸음을 빨리해 다섯 걸음을 움직이더니 땅을 박차고 몸을 허공으로 띄웠다.

단숨에 일장 반을 도약하며 내리긋는 그의 검에서 검기가 뿜어졌다.

슈아아아악!

강류(强流)!

거센 검의 기운, 검풍과 검기가 뒤범벅이 되어 전면을 덮쳤다.

독고설은 닥쳐 오는 압박감에 질식할 것만 같았지만, 눈을 더 크게 뜨고 앞을 주시했다.

공포를 대하는 방법은 두 가지다.

맞서거나 회피하거나.

그러나 지금 그녀가 할 수 있는 건 전자(前者)뿐이다.

'침착해야 해! 또 실수하면 곧바로 죽어!'

그녀는 스스로를 다독이면서 이를 악물었다.

상단세에 위치한 검이 흔들림 없이, 갈지자로 쾌속하게 움직였다.

사해검(四海劍) 일편(一編) 삼초식(三招式).

종횡천하수(縱橫天下守).

검이 모든 곳에 있으니 막지 못할 것이 없다.

종횡천하수가 극성에 다다르면 이른바 검막(劍幕)이라는 절고의 경지까지 오를 수 있다는 초식이다.

그녀는 자신이 익히고 있는 수비세 중에서 가장 많은 연습을 한 종횡천하수를 선택했다.

수련에 흘린 땀은 실전의 피를 아끼는 법.

퍼퍼퍼펑!

파륵의 강류가 독고설의 검에 하나씩 깨져 나갔다.

그녀의 침착함과 날카로운 검세에 파륵의 눈동자가 흔들렸다.

계집인데다 애송이. 그런 것 치고는 상당한 수준의 검술을 가지지 않았는가?

하지만 그의 입가엔 여전히 잔혹한 미소가 걸려 있었다.

쇄애애액!

파륵은 독고설의 검을 향해 세차게 내려쳤다.

힘으로 눌러 주겠다는 의도가 다분한 공격.

독고설의 눈에 기광이 어렸다. 그녀는 왼발을 축으로 살짝 오른발을 뒤로 빼고는 검을 회수하며 흔들었다.

찡찡찡!

세 번의 연이은 충돌이 마치 한 번처럼 스쳤다.

둘의 칼이 그렇게 짧은 조우를 마치고 다시 주인의 품으로 돌아갔다.

파륵의 얼굴이 붉으락푸르락해졌다.

이건 아까 자신이 했던 것과는 조금 다르지만, 역시 같은 이화접목의 수가 아닌가?

"쯧쯧."

파륵은 혀를 찼다.

애송이 계집이라고 태만하게 여겼던 마음은 이제 천 리 밖으로 사라졌다.

자신보다 어리니 실전 경험도 적을 터이고, 내공도 얕으며 힘으로도 상대가 되지 않는 여인이다.

그럼에도 상대는 침착하게, 그녀가 할 수 있는 최선으로 자신의 공격을 무력화시키고 있었다.

비록 풋내기일망정 허투루 상대할 인물이 아니었다.

"그 정도라면…… 정파에서는 꽤 유명한 후기지수겠구나?"

파륵이 앞으로 움직이며 물었다.

독고설은 주춤주춤 물러서면서도 기죽지 않은 표정으로 파륵을 쏘아보았다.

"나는 검봉 독고설이다."

"호오! 네가 그 청화란 말이지……. 과연."

독고설이 발끈했다.

"청화가 아니라 검봉이란 말이다!"

"좋아, 검봉. 인정하마. 그리고…… 이젠 죽여 주마. 이번 공격은 널 인정하고 펼치는 것이니 각오하는 것이 좋을 거다. 크크큭."

갑자기 파륵의 몸에서 섬뜩한 마기가 폭증했다.

그리고 잠시 멈춰 있던 그의 신형이 앞으로 폭사했다.

파파파파아아.

파륵의 발이 땅을 어지럽게 밟았다.

그의 상반신이 좌우로 정신없이 흔들렸다.

독고설의 눈이 화등잔만 해졌다.

'어, 어디로 오는 거지?'

너무 현란하다. 또한, 빠르다.

당최 그의 칼이 자신의 어디를 노리는지 짐작조차 할 수 없었다. 그의 기형도는 등 뒤로 숨겨 둔 상태.

'머리? 허리? 아니…… 목이야.'

독고설은 지척에 다다른 그의 어깨 방향을 보고 결정했다. 그리고 그녀의 칼이 움직이는 순간 자신도 모르게 '아!' 하는 탄식을 흘렸다.

자신의 검은 이미 상단으로 움직이는데, 상대의 기형도는 허리를 쓸어 왔다.

이건…… 막기엔 너무 늦었다.

파륵의 입가에 승리자의 미소가 피어올랐다.

"잘 가라. 계집."

3

검봉 독고설.

그녀가 결국 목숨을 잃을 절체절명의 순간.

흑랑대 이조장, 파륵의 눈에 아쉬움이 일렁였다.

독고설의 뒤편 좌우에서 두 사내가 몸을 날려 왔다.

검봉을 죽이는 건 자신의 손에 달렸다.

그러나 멈추지 않는다면 자신 역시 두 방해꾼의 칼에 적지 않은 부상을 입을 것이 자명했다.

언제라도 해치울 수 있는 애송이 때문에 자신 같은 고수가 피해를 입을 수는 없었다.

"제기랄!"

그는 급히 기형도를 회수하며 자신의 어깨와 허리로 짓쳐 드는 두 검을 연달아 쳐 냈다.

째쟁!

독고설을 구한 건 현무단 삼조장과 삼조의 부조장이다.

삼조장은 독고설의 옆을 스치며 그녀에게 말했다.

"뒤로 물러나 숨을 돌리시오."

"예, 고맙습니다."

독고설은 숨을 헐떡이며 답했다.

그야말로 죽음의 문턱까지 갔다 온 그녀는 등줄기에 소름이 돋아나 있었다.

서둘러 뒤로 몸을 피한 그녀는 전신이 땀에 푹 절어 있었다. 그리고 머리에 상처가 있는지 혈선이 기다란 목을 타고 흘렀다.

"와아아아아!"

사위를 감싸는, 귀가 따가울 정도의 함성이 그제야 그녀의 귀에 들렸다.

흑랑대원들은 거침없이 안으로 파고 들어오고 있었고, 아군은 속절없이 밀렸다.

물론 이것이 천류영의 의도다. 하지만 그녀는 뒤로 물러나면서 짙은 한숨을 뱉었다.

의도가 아니더라도…… 밀릴 수밖에 없었으리라.

그만큼 마교도들은 강했다.

불과 몇 합을 겨뤘지만 아직까지도 몸이 덜덜 떨렸다. 심장은 여전히 거칠게 두근거렸다.

"아가씨, 괜찮습니까?"

조전후가 왼손으로 오른 팔목을 주무르며 독고설에게 다가와 물었다. 그 역시 현무단 이조장과 그 수하들의 가세로 간신히 한숨을 돌리고 빠져나온 것이다.

"괜찮아요. 아저씨는요?"

둘은 서로 조장과 부조장으로 부르기로 약속했었다.

그러나 경황이 없었기에 자연스럽게 원래 부르던 호칭이 나왔다.

조전후가 참담한 표정으로 쓴웃음을 깨물었다.

"만약 몇 합만 더 겨뤘다면…… 저는 죽었을 겁니다.

최소한 팔 하나는 잃었을걸요?"

그와 독고설은 여전히 가쁜 숨을 몰아쉬며 함께 앞을 보았다.

순간 둘의 몸이 얼었다.

흑랑대주 앞을 막았던 현무단 이조장.

그의 몸이 머리부터 시작해 좌우로 분리되고 있었다.

조금씩 서녘 하늘로 기우는 태양이 이조장이 뿌리는 피분수를 묵묵히 바라보다가 너무 참혹해서인지 구름 뒤로 숨었다.

"와아아아아!"

흑랑대의 함성이 더욱 거세졌다.

그들의 추행진이 속속 방진 안으로 깊숙하게 파고들었다.

독고설은 침을 꼴깍 삼키고 입술을 떨며 말했다.

"아아, 이조장님도……. 흑랑대주는 괴물이네요."

그녀는 왜 마교가 정파 명숙들이 가장 두려워하는 문파인지 절감했다.

자신과 같은 젊은이들은 마교와 싸운 적이 없었다.

그렇기에 강호의 어르신들이 마교라는 얘기만 나오면 긴장하는 모습에 속으로 코웃음 쳤던 것도 사실이다.

그녀는 문득 자신의 눈에 어리는 습기를 느꼈다. 그리고 분노가 일었다.

사조장, 그리고 이조장이 죽었다.

또한 같이 밥 먹고 수련하며 웃고 울던 현무단원들이 죽어 가고 있었다.

어디 그뿐이랴? 사문인 독고세가의 사람들도 이전의 싸움에서 죽고 다쳤다.

젊은 혈기와 자신감 그리고 열심히 싸워 공훈을 세우겠다는 야심에 그것이 잘 보이지 않았는데…… 불귀의 객이 될 뻔했다가 살게 되니 새삼스럽게 그들의 죽음이 아프게 다가왔다.

'삶과 죽음이라는 게 이렇게 종이 한 장 차이구나.'

조전후는 전황을 둘러보면서 다급한 표정으로 말했다.

"이러다간…… 전술이고 뭐고 다 필요 없게 됩니다. 무적검 한 대협이 나서지 않으면 흑랑대주를 막을 수가 없어요."

말을 하면서도 조전후는 조금 전까지 상대했던 흑랑대주를 떠올렸다.

생각만으로도 숨이 막히게 하는 그 위압감이라니! 그 무지막지한 괴력은 정말이지 소름이 끼쳤다.

무적검 한추광.

그는 정말 흑랑대주를 막을 수 있을까?

기실 천류영은 그것을 우려했다.

만약 흑랑대주와 무적검이 선봉으로 붙고, 그 결과가

흑랑대주의 승리로 끝난다면 싸움은 사실상 뭔가 해보지도 못하고 속수무책으로 끝날 것을 천류영은 걱정한 것이다.

하지만 조전후의 생각으로는 지금이라도 무적검이 나서야 한다는 판단이었다.

현무단은 흑랑대주 한 명을 더 이상 막지 못하고 결국 무너질 공산이 컸다. 그리고 더 나아가 흑랑대에게 관통당해 정파인 전부가 몰살당할 수도 있었다.

그렇게 되면 배수진이고, 학익진이고, 다 필요 없게 된다.

독고설이 붉고 도톰한 입술을 깨물며 고개를 저었다.

"아시잖아요. 이미 배는 떠났어요. 여기서 계획을 돌이키면 우리는 자멸할 거예요."

그녀의 눈이 빛났다.

여기서 포기란 있을 수 없었다.

초반의 피해가 예상보다 크지만, 전체적인 그림은 분명 천류영의 의도대로 그려지고 있었다.

그것이 유일한 희망이었다.

천류영.

그가 없었더라면…… 이번 흑랑대와의 싸움은 어찌 되었을까? 육십 명 예비대원만으로 저 무지막지한 흑랑대를 막겠다고 고집을 부렸다면?

상상만으로도 독고설은 몸서리가 쳐졌다.

자신의 목 위에 아직 머리가 있는 것이 천만다행이었다.

긴 시간이 지나간 것 같지만 사실 흑랑대주가 방진에 침입한 후 지금까지 흐른 시간은 채 일각도 되지 않았다.

"으하하하! 공격하라!"

"막아라! 크윽, 물러서지 마라!"

쨍쨍쨍! 쩡쩡!

현무단 일조부터 삼조까지 함께 나섰지만 기세를 탄 흑랑대는 여전히 거침없이 앞으로 전진 했다.

독고설은 전황을 빠르게 훑고는 '어?' 하는 소리를 내고 말했다.

"단주님은요?"

현무단주 능운비가 없었다.

일, 이, 삼조와 함께 나서야 하거늘.

둘의 고개가 뒤로 돌자 지척으로 그가 다가오고 있었다.

걸어오는 능운비는 젊은 곤륜인에게 뭔가를 들으며 심각한 얼굴로 흑랑대주 초지명이 싸우는 모습을 보고 있었다.

그가 묘한 한숨을 내쉬고는 곤륜인에게 말했다.

"천류영, 정말 그 사람이 말한 것이 맞느냐?"

"예."

"으음. 그자는 정말이지…… 아니, 일단 알았다. 가서 고맙다고 전해라."

"알겠습니다."

능운비는 한차례 심호흡을 하다가 독고설과 조전후를 보고는 흐릿한 미소를 지었다.

미소가 어렸지만 얼굴 전체는 비장한 각오가 서려 있었다.

그가 입술을 떼고 말했다.

"너무 걱정 말게. 생각보다 피해가 크지만…… 전쟁이란 그런 것이니 어쩔 수 없는 일이지. 지금 생각해야 할 건 싸워서 이기는 것. 그것에만 몰두해야 해."

조전후가 냉큼 말을 받았다.

"조심해야 합니다. 흑랑대주는 생각보다 훨씬……."

"나도 봐서 알고 있소. 하지만 운 좋게 괜찮은 조언을 방금 들었소."

독고설의 눈이 반짝 빛났다.

방금 단주가 곤륜인에게 한 말.

천류영이라고 했다.

대체 무공도 모르는 그자가 현무단주에게 무슨 조언을 해 줄 수 있다는 것인지 이해가 되지 않았다.

능운비는 잠깐 멈췄던 걸음을 내디디며 말을 이었다.

"내가 흑랑대주를 계속 맡아 안으로 끌어들이겠소. 오조장과 야차검께서는 부단주와 함께 차륜전을 지휘해 주십……."

능운비가 말을 멈추고 입술을 질끈 깨물었다.

현무단 부단주가 부상을 당해 급급히 뒤로 물러서는 장면이 눈에 들어온 것이다.

능운비는 수하들이 속속 죽거나 다치는 것에 대해 울분을 삼키고 말을 이었다.

"두 분이 차륜전을 지휘해 주시오. 상대의 침투가 예상보다 거세고 빠르니…… 한 번만 더 상대하면 될 것이오."

조전후가 급히 물었다.

"정말 홀로 흑랑대주를 계속 상대할 수 있겠습니까?"

질문하는 그의 얼굴은 곤혹스러움이 역력했다.

자신과 능운비와의 실력 차이는 크지 않았다.

서로 한판 붙는다면 승률은 절반일 터.

그러니 흑랑대주를 단주 홀로 상대하겠다는 것이 조전후의 눈에 얼마나 무모하게 보이겠는가?

"이기진 못해도 어느 정도 막을 순 있을 것이오."

그 말을 끝으로 능운비가 앞으로 뛰어나갔다.

조전후는 어처구니없다는 표정을 지으며 중얼거렸다.

"한 번 일격을 받아 보면 정신을 차리겠지, 쩝. 그러면

또 내가 흑랑대주를 상대해야 된다는 말인데. 어휴
우⋯⋯."

조전후는 여전히 자신의 팔을 주무르며 한숨을 쉬었다.

독고설 역시 불안한 시선으로 단주의 등을 보다가 얼핏
든 생각에 고개를 돌렸다.

목마를 타고 있어 금방 눈에 들어오는 천류영.

그가 담담하게 싸움을 지켜보고 있었다.

대체 그는 지금 무슨 생각을 하고 있는 것일까? 그는
어떤 조언을 한 것일까?

독고설은 곧 자신이 앞 조의 뒤를 이어 싸워야 한다는
것도 잊고 물끄러미 천류영을 보았다.

보면 볼수록 신기하고 더 나아가 신비롭기까지 했다.

"어떻게 저리 무표정할 수가 있지? 진짜 쟁자수 맞
아?"

의심이 들었다.

하지만 그럴 가능성이 없다는 것은 그녀 자신이 누구보
다 잘 알고 있었다.

무공도 모르는 그가 전날 객잔에서부터 자신을 속였다
는 것은 말도 안 되는 일이다.

그녀는 입맛을 다시며 고개를 절레절레 흔들고 다시 전
의를 가다듬었다.

싸움이 한창이다.

지금 사소한 호기심에 정신을 팔 때가 아니었다.

독고설은 자신의 주변에 모인 오조원들을 확인하고는 아미를 찌푸렸다.

서른 명 중 아홉 명이나 희생된 것이다. 그리고 서 있는 이들 중 셋은 도저히 싸울 형편이 안 될 정도로 심각한 부상을 입었다.

잠깐 막으면서 물러나면 되는 일이었는데……. 하긴 자신도 아슬아슬하게 살아나지 않았던가!

거의 몰살당한 사조를 생각하면 이건 아무것도 아니었다. 아프지만 감내해야 했다. 그것이 전장에 선 장수의 몫이다.

그녀는 중상자 셋을 후위로 물러나게 한 뒤, 야무진 어조로 말했다.

"한 번이면 됩니다. 이번 한 번만 막으면 우리 동료들이 공격할 시간. 그러니 반드시 살아남아서 죽어 간 동료들의 복수를 제대로 해 줍시다."

현무단 오조원들이 이를 갈며 고개를 주억거렸다. 그러나 한 청년이 고개를 저으며 말했다.

"조장, 우리만으로는 부족합니다."

그의 말이 옳았다. 사조가 없는 지금, 자신들만으로는 한계가 있었다.

독고설이 엷은 미소로 대꾸했다.

"단주님이 흑랑대주를 계속 막는다고 하셨죠? 그 말은 일조도 함께할 것이란 의미입니다."

그녀 옆의 조전후가 구시렁거렸다.

"글쎄……. 내 생각엔 단주도 곧 꼬랑지를 말고 돌아올 것 같은데."

독고설이 그를 곁눈질로 노려보고는 다시 수하들을 향해 말했다.

"힘든 건 압니다. 하지만 지금은 불평을 할 상황이 아니에요. 다른 이들이 싸울 때 쉰 값을 해야지요."

청년이 어쩔 수 없다는 표정으로 고개를 끄덕였다.

독고설의 말처럼 지금은 전투 중이다.

그리고 그가 보기에도 전황은 불리한 것처럼 보이지만, 예상대로 착착 진행 중이었다. 싸우지 않는 이들도 지금 천류영의 지시대로 움직이고 있었다.

그때 곤륜인 서른 명이 그녀에게 다가왔다. 그들 중 선두의 도사, 태청당주 석현자가 입을 열었다.

"천 공자가 부탁해서 도우러 왔네."

사람들은 천 공자가 누구인지 몰라 찰나 눈을 껌뻑거렸다.

그러나 이내 독고설을 포함한 오조의 입가에 엷은 미소가 맺혔다.

천류영을 말함이다.

왠지 공자란 호칭이 잘 어울린다는 느낌이 들었다.

석현자의 말이 이어졌다.

"생각보다 흑랑대가 강하니 어쩔 수 없다지만, 천 공자가…… 자신까지 위험하게 만들지 말아 달라는 부탁을 하더군."

그의 말에 모두가 쓴웃음을 깨물었다.

천류영의 목숨은 기실 자신들에게 달려 있다고 해도 과언이 아니었기에.

이번 차륜전이 끝나면 자신들은 천류영의 지척으로 물러나 그를 호위하는 임무만 남으니까.

물론 아미파를 비롯한 심각한 부상자들의 호위도.

*   *   *

부우우웅!

초지명의 청룡극은 쉬지 않았다.

그는 피의 길을 만들면서 그 붉은 혈로(血路)를 전진했다.

목이 베이고 사지가 날아가는 정파인들의 비명은 구슬프고 애처롭다. 그러나 그 위를 초지명의 단호한 고함이 밟는다.

"흑랑대! 돌격이다. 계속 전진하라!"

목이 터져라 외치며 앞으로 나아가는 초지명의 눈가가 살짝 일그러졌다.

그건 삼십 년을 야전에서 살아온 장수가 가지는 본능과 같은 것.

자신들은 계획대로 상대의 배수진을 순조롭게 돌파하고 있었다.

그러나 뭔가 기이한 느낌이 들었다.

우선 정파인들의 표정이 마음에 들지 않았다.

이 정도로 속수무책 밀리면 공황에 빠질 만했다. 그런데 자신의 앞을 막아서는 정파인들의 얼굴은 비장할지언정 눈이 반짝 빛났다.

그건 뭔가 희망이 있다는 의미였다.

그러나 무너지고 있는 배수진에서 무슨 희망 따위가 있겠는가? 다르게 생각해서 배수진을 친 결의라 하더라도 과함이 있었다.

'이상하군.'

초지명은 고개를 갸웃하면서 한 발 물러나 전황을 주의 깊게 살피려고 했다.

그러나…… 그의 앞으로 능운비가 득달같이 달려들었다.

"여기 현무단 단주 능운비가 있다!"

초지명의 입가가 씰룩하며 조소를 말아 올렸다.

"잔챙이들을 없애니 이제야 월척들이 나오려나? 그럼 곧 무적검도 볼 수 있겠군. 내 힘이 빠진 후에 상대하려는 것 같은데, 그것이 얼마나 큰 착각인지 곧 알게 해 주마."

능운비를 향해 말했지만, 실상은 한추광을 향한 일침이었다.

그의 청룡극이 다시 하늘을 찔렀다.

흑랑대주, 초지명.

그는 늪에서 빠져나올 마지막 기회를 그렇게 잃었다.

4

"우선 흑랑대주는 구 척의 긴 극을 거의 끄트머리에서 잡습니다. 안으로 파고들면 긴 무기를 사용하는 데 불편할 수가 있겠지요. 물론 상당히 빠르게 극을 휘두르니 파고들기가 만만치 않을 겁니다. 하지만 막는 척 하다가 피하고, 극이 지나간 뒤 바로 파고드는 방식으로 의표를 찌르면 나쁘지 않을 겁니다. 한 번 그런 경험을 하게 되면 흑랑대주는 공격하는 데 신중해질 터이니 파괴력이 줄어들 겁니다."

천류영이 곤륜 제자를 통해 전한 말이다. 현무단주 능운비는 그 말을 곱씹었다.

"그리고 흑랑대주의 공격은 타격력이 대단하지만 단조롭습니다. 크게 횡(橫)으로 베거나 종(縱)으로 내려치는 것이죠. 그런데…… 버릇으로 보이는데, 옆으로 벨 때는 턱이 먼저 위로 올라서고, 종으로 내리그을 때는 턱이 밑으로 내려섭니다. 미리 방향을 알고 막으면 도움이 될 것이라 생각합니다."

　세 가지 전언 중 두 번째다. 그리고 마지막 전언.

　"워낙 패도적으로 공격을 하니 막기에 급급한데, 반대로 생각하십시오. 차분히 흑랑대주의 모습을 보면 하체에 허점이 종종 노출됩니다. 아마 긴 무기를 사용하니 생길 수도 있는 허점 같은데, 단순히 그것만은 아닌 것 같습니다. 무릎 밑은 거의 무방비입니다. 만약 체면을 따지지 않고 몸을 굴려 공격한다면…… 흑랑대주에게 꽤나 곤혹스러운 상황을 안겨 줄 수도 있을 것으로 보입니다. 물론 이 방법은 최후의 수단이어야 합니다. 자칫 실패하면 목숨을 잃을 수도 있으니까요."

　능운비는 곤륜인에게 말을 전해 들으며 흑랑대주의 모습을 세심히 살폈다.

그리고 전율했다.

첫 번째 조언이야 자신도 생각해 낼 수 있다고 치자. 장병기를 쓰는 이들에게 근접전은 피하고 싶은 것일 테니까.

하지만 두 번째와 세 번째 전언은…… 만약 천류영이 아니었다면 전혀 생각조차 못했을 것이었다.

찰나에 생사가 결정되는 전장에서 아주 잠깐 흑랑대주의 싸우는 모습을 보았을 뿐이다.

모두가 기가 질렸고, 그 와중에 전의를 불태웠다.

그런데…… 천류영, 무공을 익히지도 않은 그는 그 순간에 절정 고수의 버릇과 허점을 간파한 것이다.

대체 어떻게 그것이 가능한지 이해가 되지 않았다.

그리고 지금 그것을 궁리할 시간도 없었다.

천류영은 중요한 조언을 주었고, 자신은 그것을 들으며 흑랑대주를 살핀 결과 정말로 그렇다는 것을 알았다.

능운비는 독고설과 조전후를 지나쳐 뛰면서 하늘에 감사했다.

사실 그는 야차검 조전후가 흑랑대주에게 맥없이 밀리는 모습에 충격을 받았었다.

자신과 견주어도 전혀 떨어지지 않는 실력의 소유자인 조전후가 저리 형편없이 당할 수 있다는 사실이 믿기지 않았다.

그래서 어쩌면 오늘이 자신의 제삿날이 될 수도 있다고
생각했다.

물론 두렵긴 했으나 투쟁심도 일었다. 그 시점에 전해
진 천류영의 전언은 목마른 자신에게 떨어지는 감로수(甘
露水)와 같았다.

"여기 현무단 단주 능운비가 있다!"

그가 호쾌한 어조로 외치며 달려들자 초지명이 가소롭
다는 듯이 말을 받고는 청룡극을 하늘 위로 치켜 올렸다.

순간 능운비의 눈에 그의 턱이 밑으로 살짝 올라가는
것이 포착됐다.

횡이다. 가로 베기다!

능운비는 천근추(千斤墜)의 수법으로 빠르게 달려가던
신형을 단숨에 멈춰 세웠다.

부우우웅.

그의 가슴 앞으로 지나가는 흑랑대주의 청룡극.

능운비는 지체하지 않고 안으로 파고들었다. 순간 초지
명의 눈매가 일그러졌다.

"여우같은 놈!"

마치 한바탕 격돌을 할듯 달려들더니 갑자기 멈춘 능운
비를 향한 욕설이다.

그러나 능운비는 흐릿한 미소로 힘차게 검을 뻗었다.

쇄애애액.

그의 검이 흑랑대주의 얼굴을 향해 시위를 떠난 화살처럼 폭사됐다.

하지만 초지명의 청룡극이 어느새 한 바퀴를 돌아 다시 능운비의 검을 후려쳤다.

정말이지 섬전이 무색할 정도로 빠른 속도였다.

쩡!

능운비의 검이 초지명의 청룡극 중간과 부딪쳤다.

초지명은 예상치 못하게 자신의 안으로 파고든 능운비에 놀라 있는 힘껏 청룡극을 휘둘렀다.

그리고 다행히 늦지 않았고 능운비는 나직한 신음을 흘리며 뒤로 주르륵 밀려났다.

그러나 능운비의 눈 깊숙한 곳에서는 기광이 일었다.

생각보다 흑랑대주의 이어지는 반응이 빨랐다.

하긴 놈이 그렇게 쉽게 무너질 것이라고는 기대하지 않았다.

그러나 능운비는 이번 시도로 자신감을 얻었다.

만약 얼굴이 아니라 하체를 공격했다면 흑랑대주에게 부상을 입혔을지도 모른다. 그러나 그건 방금 흑랑대주의 놀라운 대처 능력을 고려할 때, 위험할 수도 있다는 직감이 들었다.

기실 몸을 굴려 무릎 밑을 공격하는 것은 어려운 승부.

굳이 천류영의 조언이 아니더라도, 실패한다면……

자신은 떨어지는 청룡극을 피하기 어려울 것이기에.

다리를 베고 자신은 목숨을 잃을 공산이 높았다.

무엇보다…… 일단은 방진의 안으로 더 끌어들이는 것이 중요했다.

부우우웅. 붕붕!

자칫 위험할 수도 있는 순간이 지나간 뒤의 흑랑대주는 더욱 신중하게 청룡극을 휘둘렀다.

아무래도 정교하게 움직이다 보니 청룡극이 그리는 궤적이 작아졌고, 그에 따라 힘도 줄어들었다.

또한 능운비는 그 방향을 예상하고 있었기에 어렵지 않게 상대의 청룡극을 잇달아 막아 냈다.

능운비는 여전히 뒤로 밀려났지만, 전혀 주눅 든 기색이 아니었고, 오히려 전진하는 흑랑대주의 얼굴에 초조한 기색이 어렸다.

그도 느끼고 있는 것이다. 현무단주가 자신과 호각세를 이루고 있음을.

무적검이 아직 등장도 하지 않은 상황에서 현무단주 따위에게 묶이고 있는 것이니 수하들 볼 면목이 없을 수밖에 없었다.

그 초조함은 그의 시야를 좁히는 결정적 계기가 되었다.

흑랑대가 모르는 사이에 학익진의 날개는 점차 더 크게

펼쳐지고 있는 중이었다.

한편 능운비 뒤에서 걱정스러운 눈으로 지켜보던 조전후는 턱을 밑으로 떨어트렸다.

"현무단주가…… 저리 강했나?"

뭔가 다행이라는 느낌과 함께 질투도 느껴지는 음성이다.

그의 말에 독고설이 고개를 저었다.

"그게 아니라 단주는 지금 흑랑대주의 움직임을 읽고 있어요."

"읽어요? 어떻게 말입니까? 그리고 예상한다고 막아질 수 있는 힘이 아닙니다."

"처음에 파고들면서 치명적인 일격을 가할 뻔했어요. 그러니 흑랑대주도 전처럼 크게 휘두를 수 없으니 힘이 줄 수밖에요. 보세요! 흑랑대주가 청룡극을 잡고 있는 위치를 일 척 가깝게 줄였어요."

조전후가 입술을 깨물었다.

"젠장! 나한테는 그렇게 못 잡아먹을 듯이 후려치더니 단주한테는 살살 한다는 거잖아. 사람 차별하는 것도 아니고."

그의 투정에 독고설은 쓴웃음을 지었다.

그녀 역시 능운비 단주의 싸움을 보면서 조전후처럼 놀랐다.

그리고 그녀의 가슴이 더 섬뜩한 것은 저런 대등한 싸움이 가능했던 것에 천류영의 역할이 존재했다는 확신 때문이었다.

'단주님은 분명 흑랑대주의 공격을 읽고 있는 게 분명한데…… 어떻게 그게 가능한 거지? 그걸 천류영은 어떻게 간파한 거지?'

의문이 머릿속에서 폭죽처럼 터졌다.

그러나 지금은 다시 오조가 앞으로 나서야 할 때였다.

"다시 힘을 내서 출진합니다."

"옛!"

오조원과 곤륜인들의 대답에 힘이 넘쳤다. 현무단주의 선전 덕분이었다.

"갑니다!"

독고설이 외치며 앞으로 뛰었다. 그리고 조전후와 석현자도 자리를 잡고 달렸다.

"와아아아!"

함성!

그에 맞춰 현무단 이조와 삼조가 기진맥진한 얼굴로 뒤로 빠졌다.

쩌어어엉!

맹렬히 부딪치는 칼날들.

독고설은 다시 이조장 파륵과 만났다.

그러나 이번엔 그녀의 곁에 조전후가 따랐다. 능운비 단주가 계속해서 흑랑대주를 전담하기에 가능한 일이었다.

파륵이 다시 맞서게 된 독고설을 보면서 가소롭다는 듯이 웃다가 이내 정색했다.

그녀 옆의 조전후에게서 흘러나오는 기도가 예사롭지 않음을 간파한 것이다.

"크크큭. 괜찮은 놈을 하나 데려왔군. 하지만 그렇다고 나를 꺾을 수는 없다."

독고설은 차분하게 응수했다.

"저번과는 다를 거야."

한 번 죽음의 문턱을 넘었다가 돌아온 그녀는 신중하게 검을 잡았다.

그녀는 자신도 모르게 조금 성장하고 있었다.

그리고 야차검이 검신을 어깨에 두고는 웃었다.

"흑랑대주가 아니라면 너쯤이야. 후후후."

그들 사이로 팽팽한 긴장감이 흘렀다.

그리고 선공은 파륵이었다. 다른 쪽이 전진하고 있는데 자신만 손가락 빨고 있을 수는 없는 노릇이기에.

"하아아압!"

그는 힘찬 기합과 함께 독고설을 향해 달려들었다.

쉬운 자부터 해치우고 고수를 상대하려는 것이다.

그러나 독고설은 자신이 지금 해야 할 역할을 잘 알고 있었다.

그녀는 슬쩍 옆으로 이동해 조전후의 뒤로 움직였다.

파륵이 눈을 부라리며 외쳤다.

"흥! 그사이에 간덩이가 쫄기라도 한 것이냐?"

조전후가 씩 웃으며 대신 답했다.

"그전에 내 검부터 받아 보라고!"

쇄애애액!

쩌엉!

파륵의 눈꼬리가 올라갔다.

예상보다 더한 괴력의 소유자다.

그 순간 뒤로 숨었던 독고설이 나타나 검을 날렸다.

독고설과 조전후의 절묘한 합격술에 파륵의 입에서 결국 욕설이 터졌다.

"시펄!"

후위에서 침묵하며 전황을 보던 천류영이 마침내 입술을 뗐다.

"학익진을 완성합니다!"

그의 낭랑한 고함에 조용히 움직이던 학의 날개가 활짝 펼쳐졌다.

독고무영이 이끄는 독고세가 함성을 지르며 거침없이,

이제는 눈치 보지 않고 흑랑대의 뒤로 달렸다.

"우와아아아아!"

고함을 지르며 달리는 그들의 양 날개가 길게 늘어섰다.

그곳에서 독고무영이 검으로 흑랑대의 후위를 가리키며 외쳤다.

"쳐라!"

가주의 명에 장로들과 중간 간부들이 잇달아 고함쳤다.

"공격하라!"

"마교도를 제압하라!"

정파인들이 뛰었다.

흑랑대의 후위를 향해 사선으로 달리는 그들은 이내 좌우의 날개가 만나 포위망을 구축했다.

추행진으로 돌파하려던 흑랑대.

공격 시 가장 선호되는 추행진의 약점은 바로 후위다.

왜냐하면 선두에 고수들이 운집하기 때문이다. 선두의 진격이 막히고 꼬리가 잡히는 일이 벌어지면 어떻게 될까?

추행진의 후미는 대량 참사를 피할 길이 없다.

흑랑대 후위가 시끄러워졌다.

"마, 막아라!"

"으아아악!"

독고세가의 최고수들이 거칠게 흑랑대의 후위에 들이닥쳤다.

한편 이백사십의 곤륜인은 각각 백이십 명씩 좌우의 벽을 철통같이 지키며 천천히 발을 내디뎠다.

한 발, 그리고 또 한 발.

그건 숨통을 조여 오는 압박이었다.

그렇게 좌우의 벽은 치열하게 싸우고 있는 흑랑대의 옆구리를 조준했다.

"가라!"

"와아아아!"

좌우 벽의 곤륜인들이 고함과 함께 전진했다.

그러나 그들은 뛰지 않았다. 역시 한 걸음씩 움직이며 전열을 단단하게 유지했다.

무리하게 허리를 끊다가 실패하면 오히려 포위망에 구멍이 날 수 있다고 지시한 천류영의 말을 따름이었다.

흑랑대주 초지명은 퍼뜩 정신을 차리고 뒤로 세 걸음을 물러났다.

"학익진이라니?"

천류영의 고함을 들은 것이다.

그의 고개가 좌우로 그리고 뒤로 휙휙 돌았다.

정파인들의 전열이 요동쳤다.

짜부라지면서 옆으로 물러났던 이들이 고함을 지르며 흑랑대 뒤로 뛰었다. 좌우의 벽이 촘촘해지며 단단한 방어 자세를 취하고 조금씩 압박해 왔다.

아차, 싶었다. 그의 머릿속에 전체의 그림이 그려졌다.

으드드득!

그의 눈에 핏발이 섰다.

후위의 수하들이 위험하다.

그렇다고 자신이 돌아선다면 전열이 망가지면서 더 큰 피해를 피할 수 없었다.

대규모 전쟁에서 가장 많은 인명이 죽는 순간을 말하라면 싸움을 모르는 사람들은 초반의 충돌이나 중반의 혈투를 꼽는다.

그러나 실제 전투에서 가장 많은 이들이 죽는 때는 바로 상대의 힘을 견디지 못하고 패퇴할 때다.

여러 가지 원인이 있지만 그중에 큰 이유는 두 가지다.

부대의 사기(士氣) 하락과, 전열의 붕괴.

초지명은 충혈 된 눈으로 이를 악물었다.

포위되어 사기가 떨어지는 마당에 자신이 수하를 구하겠다고 뒤로 움직였다가는 전열이 무너져 자멸할 공산이 컸다.

초지명은 장수로서 자신이 선택할 수 있는 가장 현명한 방법은 하나뿐이라는 것을 직감했다.

원래의 계획대로 이들을 관통하는 것.

그는 서슬 퍼런 시선으로 눈앞의 능운비를 보았다.

죽인다.

살을 주고 뼈를 깎는다는 심정으로 돌파해야 했다.

그러지 않으면 흑랑대 후위가 급속하게 무너질 것이다.

그가 당황하는 흑랑대 선두를 향해 소리를 질렀다.

"뚫는다. 약간의 피해, 부상 따위는 신경 쓰지 말고 돌파해야 한다!"

"존명!"

일조장, 이조장을 비롯한 흑랑대의 고수들이 힘껏 외쳤다.

그들의 얼굴에 비장함이 감돌았다.

지금의 상황이 얼마나 엄중한 것인지 알고 있는 것이다.

그때, 능운비 뒤에서 일백의 곤륜인을 이끌고 한 중년인이 나섰다. 지금껏 부상자 속에서 숨어 있던 이들이다.

그리고 현무단은 거칠게 숨을 내쉬며 뒤로 빠졌다.

물러나는 이들 중 능운비는 고개를 절레절레 저으며 땀에 푹 절어 있었다.

약점을 알고, 미리 준비하고 대적했음에도 결국 흑랑대주의 틈을 자신으로서는 도저히 파고들 수가 없었던 것이다.

일백 곤륜인을 이끌고 나타난, 선두에 있는 자가 담담하게 말했다.

"나는 무적검 한추광이오. 그대 마교도들이 짓밟은 곤륜파의 제자지."

"……!"

"흑랑대주, 그대의 놀라운 무위는 잘 견식 했소."

호기롭게 말하는 한추광을 보면서 초지명은 나직한 신음을 흘렸다.

자신은…… 늪에 빠져 버린 것이다.

그의 눈에 한추광의 어깨 너머, 누군가의 목마에 탄 청년이 들어왔다.

"저자구나……."

천랑대주가 경계하던 정체불명의 책사.

초지명은 그 순간 한 가지를 결심했다.

어떤 일이 있더라도 저 청년은 죽인다. 죽여야 한다!

저자를 살려 두면 본 교의 천하일통은 상당한 어려움을 겪게 될 것이라는 직감이 그의 뇌리를 스쳤다.

한추광이 그의 시선을 느끼며 정색하고는 검집에서 검을 뺐다.

스르르릉.

"그대가 천 공자에게 다가갈 기회는 없을 거요. 아! 그리고 한 가지 더!"

두 절정 고수의 시선이 허공에서 부딪쳤다. 한추광의 말이 이어졌다.

"모르고 있겠지만 당신에게 나쁜 습관이 하나 있소. 턱을 들면 횡으로, 내리면 종으로 공격하는 버릇이."

초지명의 눈동자가 흔들렸다.

그는 그제야 현무단주가 힘겹게 자신의 공격을 받아 내면서도 방향만큼은 이상하게 빨리 읽고 대비하는 것 같다는 느낌이 사실이라는 것을 알았다.

"그런가? 그런데 그걸 왜 나에게 얘기해 주는 거지?"

"나는 정당하게 당신의 수급을 취하고 싶거든."

한추광이 서늘한 눈빛으로 웃었다.

시작한 지 얼마 되지 않은 싸움이 중반을 그냥 뛰어넘어 삽시간에 종착지로 달렸다.

제8장
용호상박의 혈투(血鬪)

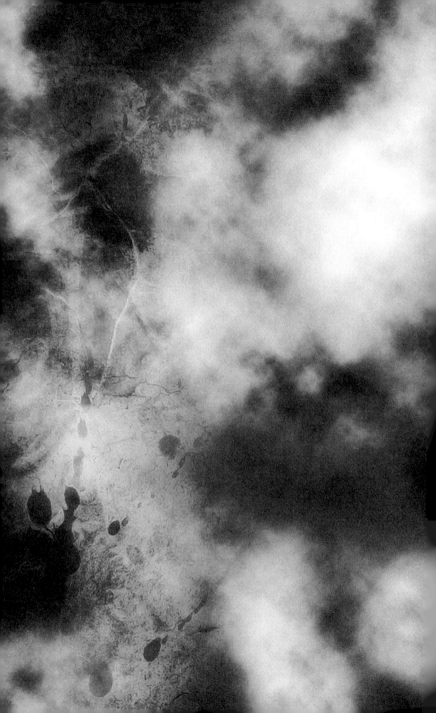

1

초지명은 자신에게 주어진 시간이 얼마 없음을 잘 알고
있었다.

이미 포위된 이상 시간이 흐를수록 흑랑대의 사상자는
기하급수적으로 늘어날 터.

결국 뚫고 나아가는 것밖에는 방법이 없다.

그러나 자신의 앞을 막아선 상대는 곤륜파의 무적검 한
추광.

쉽지 않은 상대.

하지만 까무잡잡한 초지명의 얼굴에 흐릿한 웃음이 맺

히더니 이내 짙고 비장한 미소로 화했다.

그는 청룡극을 힘껏 하늘로 치켜들고는 고함을 질렀다.

"나의 흑랑대여! 함정에 빠졌다고 당황하지 마라! 옆의 동료와 있는 힘껏 버텨라. 이보다 훨씬 어려운 곳도 우리는 헤치고 나왔다. 날 믿어라! 내가 생로를 뚫을 것이니, 그때까지 결코 죽지 마라!"

그의 공력을 담은 자신만만한 외침이 폭풍이 되어 전장을 휩쓸었다.

흑랑대원들의 흔들리던 눈동자가 안정을 찾고 다시 빛났다.

동요하던 그들의 마음이 언제 그랬냐는 듯이 평온을 회복했다.

"와아아아아!"

흑랑대가 고함을 질렀다.

금방이라도 무너질 것 같았던 추행진의 후위가 맹렬한 반격을 개시했다.

중간에 있던 몇몇 간부나 고참들이 혼돈에서 깨어나 다시 차분하게 지시를 내렸다.

"천천히 물러서면서 막으면 된다. 맞받아치되 나아가지 마라!"

"전열을 유지하라! 부상자는 안으로!"

"대주께서 곧 무적검의 목을 베고 활로를 여실 것이다.

침착하라!"

"우리는 흑랑대다!"

쩌어어엉! 쨍쨍!

사방에서 거센 충돌이 일었다.

천류영은 혀를 차며 이맛살을 찌푸렸다.

그리고 한숨을 쉬며 중얼거렸다.

"흑랑대주. 참으로 좋은 장수로구나."

최악의 상황에서 호령 하나로 사기를 끌어 올리는 장수는 결코 흔치 않다.

그건 장수 스스로 능력이 있어야 하며, 수하들에게 전폭적인 신뢰를 받아야 가능한 일이다.

그럼에도 천류영은 흑랑대의 침몰을 의심하지 않았다.

흑랑대주의 독려는 급속한 붕괴를 잠시 막았을 뿐이다.

흑랑대의 진형인 추행진 후위가 아무리 잠재력을 끌어낸다고 하더라도 실력 차이란 건 하루아침에 극복할 수 있는 것이 아니다.

흑랑대에서 가장 약한 무사들과 독고세가의 최정예가 붙는 이상 결론은 이미 나 있는 상황.

지금 흑랑대는 베짱이와 같은 처지였다.

먹이를 먹는 베짱이는 천적이 뒤에서 자신의 몸통 뒤를 아작아작 씹으며 들어와도 오로지 눈앞의 먹이 먹는 것에만 집중한다.

흑랑대는 그렇게 앞으로 나갈 수밖에 없는 외통수 걸린 운명이었다.

전령의 역할을 마치고 돌아와 있던 곤륜 제자가 천류영이 초지명에게 하는 칭찬을 듣고는 입을 열었다.

"적장에게 무슨 그런 말씀을 하십니까?"

"적이라……. 그렇군요. 저들은 제 적이 되었군요."

천류영은 속으로 한숨을 삼키며 왠지 허탈하게 보이는 웃음을 흘렸다.

자신과 마교는 반나절 전까지만 해도 아무런 사이가 아니었다.

그러나 이제 자신은 마교의 척살 대상에 오를 것이 자명했다.

"쩝, 곤란하게 됐군."

흑도 최강, 최대 문파인 마교의 척살 대상이라니.

지금 와서 자신은 어쩌다가 끼어들어서, 은자 백 냥이 고마워 약간의 도움을 줬을 뿐이라고 말한다면 마교도들이 믿을까?

어림 반 푼어치도 없다.

설사 이곳의 흑랑대가 전멸한다고 해도 마교도들은 반드시 자신의 정체를 알아낼 것이다.

그들은 그럴 능력이 있는 자들이다. 그리고…… 자신을

죽이려 들겠지.

천류영은 그제야 자신이 이젠 무림이라는 곳에서 살 수밖에 없다는 것을 깨달았다.

마교와 흑천련의 암수를 피하기 위해서는 정파란 방어벽이 있어야 가능한 일이다.

실소가 절로 흘러나왔다.

이어지는 긴박한 전투에 몰두하다 보니 정작 자신의 처지에 대한 것은 까맣게 잊고 있었던 것이다.

"내 앞으로의 운명이…… 나도 모르게 결정되어 버렸구나. 겨우 반나절 만에."

도산검수(刀山劍水)의 무림(武林).

그건 자신과는 전혀 어울리지 않는 곳이다.

보통 누구라도 그러하듯이, 무림인들의 체력이 부러워 무술을 배워 보고 싶은 마음은 있다.

그러나 무공을 익혀 유명한 칼잡이가 되겠다는 야심은 손톱만큼도 꿈꿔 본 적이 없었다.

그제야 아까 독고가주가 한 말이 가슴에 와 닿았다.

그는 앞으로 변화할 운명에 맞서라고 그런 조언을 한 것이었다.

천류영은 그것도 모르고 그냥 배부른 자의 운명론이라고 일축하는 생각을 했는데.

"무림이라…… 무림. 하아아……."

천류영은 마침내 격돌한 무적검과 흑랑대주의 결투를
물끄러미 보다가 따가운 시선을 느꼈다.

그 진원지를 향해 고개를 돌리니 방금 자신의 앞으로
당도한 현무단 무사들 중 독고설이었다.

영웅건이 풀어지면서 이젠 완연히 여인의 모습을 드러
낸 그녀는 신기한 표정으로 천류영을 보다가 시선이 마주
치자마자 입을 열었다. 마치 기다렸다는 듯이.

"어떻게 흑랑대주의 습관을 단숨에 알 수 있었죠?"

현무단 일부가 용호상박(龍虎相搏)의 혈투를 시작하는
무적검과 흑랑대주에게서 눈길을 떼고 천류영을 돌아보았
다.

능운비 단주 역시 이마의 땀을 훔치며 독고설의 질문을
거들었다.

"나 역시 그것이 궁금하네. 자네 덕분에 흑랑대주를 수
월히……."

능운비는 말꼬리를 흐렸다.

과연 자신이 흑랑대주를 수월하게 상대했다고 말할 수
있을지 회의적이었기에.

흑랑대주는 극을 짧게 잡아 힘을 줄였다.

또한 그가 공격하는 방향까지 예측했다.

하지만 능운비는 잠깐의 시간을 상대함에도 힘에 부치
는 자신을 발견했다.

천류영은 뒤통수를 긁적거리며 그냥 유심히 보니 보였다고 말하려고 했다.

그러나 전면을 보던 현무단원 중 하나가 경악에 찬 소리를 질러서 모두의 관심이 앞으로 이동했다.

"한 대협께서 위험합니다."

천류영도 전면의 엄중한 상황에 얼굴을 굳히고는 미간을 좁혔다.

부우우웅.

초지명의 청룡극은 미친 듯 허공을 가르며 한추광을 노렸다.

수비는 배제한 오로지 공격 일변도의 초지명의 신형에 여느 때와는 달리 곳곳에 허점이 드러났다.

그러나 한추광은 쉽사리 그 틈을 노릴 수가 없었다.

여차하면 함께 죽어도 상관없다는, 동귀어진(同歸於盡)의 서슬 퍼런 기세는 제아무리 무적검 한추광이라도 만만하게 볼 수 있는 것이 아니었다.

하지만 한추광의 표정에는 여유로움이 묻어났다. 지금 초조한 건 부대가 포위된 흑랑대주였지 자신이 아니었다.

'시간이 흐를수록 급해지는 건 흑랑대주다. 기다리면 결국 완벽한 기회가 올 터!'

한추광은 무지막지한 초지명의 공격을 침착하게 튕겨

내거나 피하면서 곧 오게 될, 올 수밖에 없는 일격을 노렸다.

그때 초지명이 갑자기 앞으로 몸을 움직였다. 눈에 핏발이 선 그는 마치 자신을 벨 테면 베라는 듯이 가슴을 내밀고, 청룡극은 등 뒤로 뺀 채 발을 내디뎠다.

이것은 도발이었다.

한추광의 미간에 엷은 주름이 맺혔다.

마침내 고대하던 완벽한 허점을, 시간에 쫓기는 흑랑대주가 드러냈다.

문제는 그것이 의도된 것이라는 점이다.

살을 주고 뼈를 깎겠다는 그의 의지가 함축된 허점!

천류영은 최대한 승부를 뒤로 미루는 것이 아군의 피해를 줄일 수 있다고 당부했었다.

그러나 무인으로서 이러한 도발을 묵과한다는 건 예의가 아니다.

사실 한추광은 정정당당한 승부를 원했지 궁지에 몰린 흑랑대주를 노린 건 결코 아니었다.

천류영의 말처럼 수하들의 피해를 줄이기 위해 승부를 뒤로 미루고 있었을 뿐이다.

그러나 이젠 건곤일척의 승부를 겨뤄야 할 시점이었다.

태허도룡검(太虛屠龍劍).

전설의 용도 죽일 수 있다는 곤륜파의 절기.

한추광은 칼에 진기를 가득 담아 다가오는 초지명을 향해 휘둘렀다.

슈아아앗.

바람을 가르는 거침없는 검신.

그의 검첨에서 푸른 검기 다섯 줄기가 뻗어져 초지명의 신형을 덮쳤다.

파파파아앗!

날카로운 검기가 단단한 초지명의 상체를 베며 지나갔다.

그와 동시에 다섯 군데에서 핏줄기가 허공으로 피어올랐다.

"……!"

한추광의 눈동자에 파문이 일었다.

아무리 흑랑대주가 죽을 각오를 했더라도 충분히 피할 수 있는 검기를 맨몸으로 받아 낼 것이라고는 상상조차 못했다.

결코 무시할 수 없는 고통이 흑랑대주의 전신을 관통했을 터.

그럼에도 흑랑대주는 신음 한 번 흘리지 않았다.

순간 초지명의 턱이 살짝 위로 올라갔다.

부우우웅.

그의 등 뒤에 숨어 있던 청룡극이 맹렬하게 휘돌아 나

왔다.

쩌어엉!

한추광의 장검과 초지명의 청룡극이 부딪치며 불똥을 사방에 튀겼다.

"크읔!"

한추광은 자신도 모르게 잇새로 신음을 흘렸다.

그가 절정 고수로 성장하기까지 만났던 숱한 고수들.

그들 중엔 심후한 내공의 소유자도 있었고, 무지막지한 괴력의 고수들도 있었다.

그러나 단언하건데 지금 흑랑대주의 일격은 자신이 받아 본 것 중에 최고의 힘을 담고 있었다.

몸속의 근육과 뼈가 뒤틀리는 느낌이 한추광의 숨을 턱 막히게 했다.

사가가각!

청룡극이 한추광의 검신을 타고 밑으로 미끄러지듯이 내려왔다. 그에 한추광은 검을 비틀어 상대의 청룡극을 떼어 내려고 했다.

그러나…… 떨어지지가 않았다.

초지명은 사력을 다해 청룡극을 밀어 넣으며 한 발을 앞으로 쭉 내밀었다.

슈각!

짧은 파공성이 터지며 초지명의 청룡극이 한추광의 배를

베었다.

만약 한추광이 갑주를 착용하지 않았다면 심각한 중상을 입을 수도 있었을 일격이었다. 그렇다고 무시할 만한 경상도 아니었다. 갈라진 갑주 틈으로 시뻘건 핏물이 흘렀다.

파라라락.

한추광의 신형이 바람을 일으키며 땅을 어지럽게 밟았다.

곤륜파가 자랑하는 무적검의 운룡대팔식이 지상에서 펼쳐졌다.

눈으로 쫓기 힘들 정도로 빠르며 현란한 그의 신형을 결국 청룡극은 쫓지 못했다.

아니, 오히려 물러서는 듯했던 한추광은 어느새 폭풍처럼 앞으로 다가오며 검을 휘둘렀다.

운룡대팔식과 함께 펼쳐지는 태허도룡검.

이번엔 초지명의 눈동자가 흔들렸다.

당최 어디를 노리고 들어오는지 간파하는 것조차 어려울 지경이었다.

쩌어어엉.

막았다.

그러나 한추광은 다시 그의 검을 세차게 휘둘렀다.

쨍쨍, 쨍쨍쨍.

숨 쉴 틈도 없는 공방전이 펼쳐졌다.

여태껏 공세만 펼치던 초지명은 안력으로 쫓기도 힘든 한추광의 보법과 검술을 막아 내기 급급해졌다.

그만큼 무적검의 검술은 날카로웠고 빨랐다. 허초가 실초로, 실초가 허초로 변화하며 초지명의 요혈을 노렸다.

주르륵.

초지명의 입가로 핏물이 흘렀다. 그리고 한추광 역시 입과 코에서 혈흔이 비쳤다.

둘은 지금 주변의 모든 것을 잊고서 오로지 상대에 몰입한다.

죽이지 않으면 내가 죽는다.

그리고 내가 죽으면 아군은 치명적인 손실을 피할 수 없다.

이기기 위해서, 그리고 살기 위해서 둘은 서로를 노려보며 맹렬하게 움직였다.

입고 있는 둘의 옷이 상대의 병장기에서 뿜어져 나오는 강류에 의해 연방 찢겨져 나갔다. 그리고 그 속에서 핏방울들이 허공으로 튀었다.

휘이이이잉.

싸우는 둘의 주변 곳곳에서 돌개바람이 일었다.

두 절정 고수가 뿜어내는 기세가 충돌하고 폭발하면서 사위의 공기가 제멋대로 춤추는 것이다.

가히 용호상박(龍虎相搏)이라 불릴 만한 혈투에 뒤에서 지켜보는 현무단은 입을 쩍 벌렸다.

　짧은 순간에 수십여 초가 흘렀다. 그러나 현무단의 태반은 놀라운 속도에 잔상만을 쫓기도 급급했다.

　현무단주 능운비는 신음을 흘리며 몸을 떨었다.

　죽음을 도외시한 절정고수의 위력이 얼마나 무서운지 뼈저리게 느껴졌다. 만약 아까 흑랑대주가 자신에게 저렇게 달려들었다면…… 자신은 과연 몇 초식이나 받아 낼 수 있었을까? 갑자기 등줄기가 서늘해지는 기분이었다.

　한편 운룡대팔식과 태허도룡검을 앞세운 무적검의 공세에 흑랑대주가 조금씩 물러나자 양쪽의 전열에 균열이 생겼다.

　전진해도 모자랄 지경인 흑랑대주가 뒤로 물러났다.

　그 바람에 흑랑대의 전열이 헝클어졌다.

　"끄아아악!"

　"아아……."

　흑랑대원들의 비명과 탄식이 곳곳에서 일었다.

　한편 한추광과 함께 혈전을 벌이고 있는 곤륜인들도 당혹스럽기는 마찬가지였다.

　자신의 수장이 전열을 이탈해 적진 안으로 치고 들어갔다. 자칫 수장이 고립되어 위험할 수도 있었다.

　곤륜파의 노도사가 급히 소리쳤다.

"무적검을 뒤따라 안으로 파고들라!"

곤륜인들은 이를 악물었다.

흑랑대 추행진의 선두는 모두 고수. 그런 이들을 뚫고 무리하게 안으로 파고드는 것은 목숨을 걸어야 하는 일.

저들의 죽기 살기식의 공세를 막아 내는 것도 힘겨운 지경인데…….

그럼에도 무적검은 곤륜이 마지막까지 지켜야 할 인물이었다.

그가 없었다면 곤륜은 이미 봉문(封門)했을 것이다.

모두가 함성을 지르며 나아가려는 순간, 뒤에서 일갈이 터져 나와 그들의 발목을 잡았다.

"불가합니다. 곤륜은 전열을 유지하십시오!"

천류영이다.

그가 서릿발 같은 고함으로 곤륜인들의 진격을 막았다. 동시에 천류영은 주변에 있는 현무단에게 외쳤다.

"현무단 중 절반을 투입하세요. 한 대협의 뒤를 받쳐 벌어진 틈을 막으세요!"

지금 현무단의 역할은 천류영의 호위 겸 방금과 같은 돌발 사태를 대비한 예비부대다.

능운비는 고개를 끄덕이며 일조장에게 명을 내렸다.

"자네가 일조와 이조를 데리고 가게."

일조장이 즉시 지시대로 움직였다.

방진, 배수진, 그리고 학익진을 거쳐 탄생한 완벽한 포위망.

다 끝난 싸움인 것 같은데도 전선은 긴장이 최고조에 달했다.

흑랑대는 어떻게든 앞길을 뚫으려고 혼신의 힘을 다했다.

부상당하는 것을 겁내지 않았다. 팔 하나가 베어져 땅에 떨어졌는데도 쉬지 않고 검을 휘둘렀다.

그들은 알고 있었다.

후위의 동료와 후배들이 지금 이 순간 자신들만 믿으며 버티다가 죽어 가고 있음을.

또한 믿었다.

흑랑대주가 잠깐 밀려났지만 다시 앞으로 치고 나갈 것을!

그것을 믿고 흑랑대는 한 발씩 전진했다.

팔이 떨어져 나가고, 옆구리가 갈라지고, 다리가 베여도, 그들은 한 걸음씩 나아갔다.

마치 베짱이처럼.

그들의 이 치열한, 목숨을 도외시한 저항에 정파의 최전선이 조금씩 밀리기 시작했다.

그러나 현무단이 가세하면서 다시 무게 중심이 균형을 이뤘다.

천류영은 마치 자신이 싸우는 것 같은 착각에 빠졌다.

호흡이 자꾸만 가빠지고 심한 갈증이 났다.

흑랑대는 확실히 무너지고 있었다. 하지만 정파 쪽의 사상자도 예상보다 많이 속출했다.

그는 심호흡을 하면서 지금껏 그래 왔듯이 오른쪽 초원을 흘낏 곁눈질하고 다시 전면을 보았다.

그 순간 천류영의 눈동자가 흔들렸다. 그는 다시 급하게 오른쪽으로 시선을 던졌다.

"……!"

저 멀리 지평선에서 하나의 까만 점이 나타났다.

그것은 매우 빠른 속도로 다가오고 있었는데 아무리 봐도 사람인 것 같았다.

하지만 사람이 저렇게 빠르게 움직일 수도 있는 걸까?

천류영은 급하게 자신의 앞에 있는 독고설을 불렀다.

"독고 소저."

독고설은 무적검과 흑랑대주의 혈투에 몰두하면서 입을 열었다.

"왜요?"

"저기, 저 오른쪽에 나타난 점 말입니다. 사람이 맞지요?"

그제야 독고설의 고개가 움직였다.

그리고 그녀의 도톰한 입술 사이로 신음이 흘러나왔다.

"으으음. 맞아요, 사람. 하지만…… 대체 누가 저렇게 무지막지한 경공술을 펼칠 수 있죠?"

천류영이 묘한 눈빛으로 반문했다.

"설마…… 천마검은 아니겠지요?"

2

천류영의 말에 독고설이 쓴웃음을 지었다. 이해할 수는 없지만 이 남자는 천마검에 대해 상당한 두려움을 느끼는 듯했다.

하지만 그럴 수도 있겠다 싶었다.

천마검에 대한 풍문은 대륙에 넓게 퍼져 있었다.

그리고 그 소문은 너무 허황된 것이 많아서, 무림인이 아닌 범인(凡人)이라면 충분히 겁에 질릴 만도 했다.

"만약 저 사람이 천마검이라면 이건 엄청난 기회죠. 하지만 그럴 가능성은 없지 않나요? 아까 당신이 말한 것 중에 이번 작전의 지휘관은 천마검일 것이니, 사천 분타에 있을 거라고 했잖아요. 그런데 지휘관이 혼자 저렇게 움직인다는 건…… 너무 비상식적인 일이죠."

독고설에 이어 능운비가 말했다.

"오조장의 말이 옳네. 그나저나 정말 빠르군. 이곳까지 오는 데 일각도 걸리지 않을 것 같은데……. 흐음, 마교의 장로인가? 아니면 경공에 특별한 재능을 가진 마교의 전령일 수도 있겠군."

그나 천류영 그리고 독고설은 정체불명의 인영을 정파인이 아닌 마교도로 짐작했다.

그가 오는 방향이 사천 분타가 있는 북쪽이기 때문이다.

독고설은 어깨를 으쓱하고 전면과 오른쪽을 번갈아 보며 말을 받았다.

"어쨌든 겨우 한 명이잖아요. 지금 거리가 너무 멀어 이곳의 전황을 저 사람은 제대로 파악하지 못하고 있는 거지요. 만약 흑랑대가 무너지는 것을 알게 된다면 곧 꼬리를 말고 도망갈 게 분명해요."

능운비와 독고설의 의견이 일치했다. 하지만 천류영은 입술을 질끈 깨물었다가 말했다.

"저 엄청난 속도를 고려하면, 어쩌면 수하들보다 먼저 달려오는 것일 수도 있습니다."

그의 말에 능운비와 독고설의 얼굴이 흠칫하며 굳었다.

충분히 가능성 있는 지적이었다.

능운비는 점입가경으로 치닫는 무적검과 흑랑대주를 일견하고는 말했다.

"천 공자, 그럼 이렇게 하는 것이 어떻겠나? 삼조를 저자에게 보내는 것이. 그럼 아마도 달려오던 자는 적당한 거리에서 수하들이 합류할 때까지 멈추겠지."

능운비의 말에 삼조장이 전황을 지켜보던 눈길을 거두고 돌아보았다.

천류영은 삼조를 빠르게 훑었다.

아까 독고설의 오조와 교대했었던 삼조는 현무단에서 가장 적은 사상자가 났다.

사망자 셋에 부상자가 넷.

아직 스물세 명이 말짱했다.

또한 오조엔 야차검 조전후가 있듯이 삼조에도 참월도(斬月刀)라는 상당한 실력의 중년 부조장이 있었다.

천류영이 능운비에게 물었다.

"만약 저자가 멈추지 않고 계속 달려온다면요?"

"그럼…… 제거해야지."

천류영은 대꾸 없이 능운비를 보았다.

입 밖으로 질문을 하지는 않았지만 주변 사람들은 천류영의 눈빛과 표정으로 말하려는 것을 간파했다.

삼조만으로 확실하게 제거할 수 있느냐는 물음이다.

그런 천류영의 반응에 삼조장을 비롯해 참월도 그리고 수하들이 약간 불쾌한 표정을 지었다.

하지만 지금까지 천류영이 보여 준 것이 있기에 치솟는 분기를 슬며시 눌렀다.

능운비는 다시 달려오는 정체불명의 사람을 보고는 고

개를 주억거렸다.

"그렇군. 저 정도의 경공이면 대단한 고수일 가능성이 크지. 만약 흑랑대주만 한 인물이라면……."

흑랑대주를 언급하자 그제야 삼조의 표정에도 긴장이 흘렀다. 천류영은 힘 있는 어조로 능운비에게 말했다.

"단주님께서 삼조와 함께 움직여 주십시오."

"내가? 하지만 나는 이곳의 싸움을……."

그의 말허리를 천류영이 자르며 거듭 말했다.

"그렇게 해 주십시오."

능운비는 어깨를 으쓱하며 엷은 미소를 머금었다.

천류영의 지금 부탁은 자신이 가야 안심이 된다는 의미다. 그건 천류영이 자신을 인정한다는 뜻인지라 기분이 과히 나쁘지 않았다.

사실 반나절 전까지만 해도 그 둘의 신분을 생각하면 결코 상상할 수 없는 일이었다.

"알겠네. 그렇게 하지."

"두 가지의 경우에는 곧바로 수하들을 물리고, 우리와 합류하셔야 합니다."

"두 가지의 경우?"

"예. 첫째는 적이 예상보다 고강할 때입니다. 막기 어려우면 일단 피하십시오."

능운비는 기가 막혔다.

방금 자신을 인정하는 말을 하더니 곧바로 이렇게 불신하는 말을 하다니.

　섭섭한 마음에 한마디 하려고 했지만 천류영의 말이 빨랐다.

　"두 번째, 저자의 뒤로 수하들이 나타났을 경우에도 뒤로 물러나십시오."

　"하지만 수하들의 숫자가 적으면 굳이 물러설 필요가 없겠지?"

　능운비의 질문에 천류영은 살짝 미간을 접었다가 말했다.

　"오십 명 이상이면 피하십시오. 물론 그렇게 많을 것이라고는 생각하지 않지만."

　"오십이라……. 뭐, 알겠네."

　능운비는 사실 할 말이 많았다.

　그러나 지금 말씨름으로 낭비할 시간이 없다는 것을 알고 있었기에 곧바로 삼조와 함께 출발했다.

　천류영은 불안한 시선으로 이젠 점이 아니라 사람인 것이 확실하게 보이는 정체불명의 한 사람과 전장을 번갈아 보았다.

　독고설을 비롯한 오조는 모두 앞에만 몰두했다. 그럴 수밖에 없는 것이 무적검과 흑랑대주의 혈투가 막바지로 치닫고 있었다.

무적검 한추광은 이를 악물었다.

자신이 할 수 있는 최대의 내공과 힘을 끌어내어 몰아붙였지만 흑랑대주는 금은 갈지언정 절대로 깨어지지 않는 벽 같이 느껴졌다.

아끼지 않고 내력을 모조리 끌어내어 펼치는 한추광의 공격이 모조리 흑랑대주의 청룡극에 막혔다.

무엇보다 한추광의 갈라진 배의 상처가 점점 더 벌어지며 흘러나오는 피가 빠르게 증가하고 있었다.

흑랑대주 초지명.

그도 혈인(血人)이 되었다.

무적검의 검풍(劍風), 검기(劍氣), 검사(劍絲) 같은 강류의 공격은 아주 치명적인 것만 피하고 대부분은 그냥 맞아 주었다. 그리고 진검만을 노렸다.

그게 지금까지 초지명이 살아 있는 이유였다.

만약 강류의 공격까지 막으려 했다면 아마 그는 이미 황천길을 떠났을 것이다.

그러나 피해가 만만치 않았다. 벌써 몸의 수십 군데가 예리하게 베여져 핏물이 흘렀다.

그 와중에도 초지명의 눈은 형형히 빛났다.

대결의 초반 한추광이 회심의 일격을 노린 것처럼 지금은 초지명이 그런 기회를 기다렸다.

그리고 그때가 마침내 왔다.

파아앙.

공기가 찢어지는 소리와 함께 청룡극이 허공을 직선으로 갈랐다.

파아아아아.

솟구치는 피분수.

한추광의 가슴이 종으로 갈라졌다.

두꺼운 갑주가 쩍 갈라지고, 가슴의 맨살 위로 혈선이 생기더니 핏물이 주르륵 흘렀다.

그리고 거의 동시에 한추광의 검이 초지명의 갑작스러운 공세전환으로 생긴 틈으로 휘돌아 들어갔다.

샤각!

초지명의 얼굴에 사선으로 깊은 검자국이 베어졌다.

그 칼은 초지명의 한쪽 눈을 정확하게 후비고 지나갔다.

"으으윽."

"크으으."

둘이 격한 고통의 단말마를 뱉었다.

한추광은 왼손으로 배를, 검을 잡은 손으로는 가슴을 움켜잡으며 털썩 무릎을 꿇었다.

손으로 잡지 않으면 내장이 쏟아져 나올 것 같았다.

세상이 빙글빙글 돌았다.

가뜩이나 피를 많이 흘렸는데 방금 가슴에 당한 일격은 치명적이었다.

그 와중에서도 한추광은 고통을 참고 반격을 한 것이다.

그 결과로 상처가 더 벌어지면서 한꺼번에 피가 쏟아졌고, 결국 한계에 다다른 것이다.

한추광은 이를 악물고 일어나려고 했다.

그러나 몸이 말을 듣지 않았다. 내려앉는 눈꺼풀을 올리려 했으나, 그마저도 하지 못했다.

그렇게 한추광은 의식을 잃었다.

하지만 그의 오른손은 여전히 검을 단단히 쥐고 있었다.

초지명 역시 오른 눈을 움켜잡으며 뒤로 주춤거리며 물러났다.

시야가 온통 붉고 뿌옇다. 그리고 찰나 왼쪽 눈을 감고 오른 눈에 힘을 주어 보지만 깜깜한 암흑 속에서 불로 지지는 듯한 고통만이 있었다.

"대주님을 구하라!"

"무적검을 구해야 한다!"

흑랑대의 선두와 그것을 막던 곤륜인과 현무단이 동시에 소리치며 움직였다.

그렇게 앞쪽의 전선이 갑자기 엉망으로 변해 갔다.

독고설은 사색이 된 얼굴로 천류영을 돌아보았다.

굳이 말하지 않아도 그녀가 하려는 말을 천류영은 간파했다.

마지막 남은 예비부대인 현무단 오조의 투입.

천류영은 손을 들어 그녀에게 잠시만 기다리라는 몸짓을 하고 외쳤다.

"좌우의 벽! 흑랑대의 허리를 끊으세요! 후위의 독고세가 전력으로 돌파!"

짧은 외침.

그러나 그 말이 전하는 의미는 결코 가볍지 않다.

천류영이 하는 말을 싸우고 있는 정파인들 중 간부들이 역시 고함으로 전달했다.

"좌우의 벽! 돌진하라! 후위의 독고세가, 뚫어라!"

"돌격하라! 전진하라!"

좌우의 곤륜인들과 후위의 독고세가 함성을 지르며 노도와 같이 앞으로, 앞으로 움직였다.

특히나 좌우의 곤륜인들은 수비에 충실했는데 그들이 본격적으로 나서면서 흑랑대는 더욱 위기에 몰렸다.

"와아아아!"

쨍쨍째애애앵.

"으아아악!"

비명이 사방에서 터졌다.

흑랑대의 추행진은 완전히 무너져 내렸다.

후미가 급격하게 뭉그러졌고, 좌우의 옆구리도 정파인들이 파고들었다.

그나마 고수들이 운집한 선두 부분만이 아직 치열하게 버텼다.

명을 내린 후 잠깐 전황을 살피던 천류영이 독고설에게 말했다.

"오조는 한 대협의 퇴로를 확보하세요."

독고설이 결의가 담긴 표정으로 화답했다.

"그러죠."

곤륜의 태청당주 석현자는 한추광이 중상을 입자 급히 안으로 뛰어들었다.

이미 무적검에게 가는 길은 현무단 일조장이 확보하고 있는 터라 어렵지 않게 접근할 수 있었다. 다행히 일조장이 한추광을 안고 뒤로 빠져나오고 있었다.

"태청당주님. 여기 한 대협을⋯⋯."

석현자는 일조장의 말을 채 듣기도 전에 한추광을 받아 안고는 말했다.

"고맙소!"

석현자는 급히 뒤돌아 천류영이 있는 후방으로 움직였다.

그러나 현무단 일, 이조의 전열을 뚫고 흑랑대 이조장 파륵이 뛰어나와 그를 막았다.

"갈 수 없다. 무적검의 숨통을 끊어 주마!"

그의 치렁치렁했던 머리칼은 누구의 칼에 베였는지 싹 둑 잘려 있었다.

그리고 그의 오른쪽 어깨와 가슴에서 핏물이 철철 흘렀 다.

석현자가 망연자실할 때 독고설과 조전후가 고함을 지 르며 쇄도했다.

"태청당주님께서는 어서 뒤로 피하세요!"

"고, 고맙네."

독고설과 조전후의 칼이 벼락처럼 파륵을 향해 덮쳤 다.

그에 파륵이 이를 악물며 외쳤다.

"네년이 끝까지 나를 방해하는구나. 그래, 반드시 너를 여기서 죽여 주마!"

파륵.

그도 수많은 격전을 헤치고 살아온 장수.

그래서 여기서 살아 나갈 가능성이 없다는 것을 이미 깨닫고 있었다.

그렇다면…… 한 놈이라도 더 저승길의 동무로 삼아 주 리라.

쨍, 쩌어엉!

물러설 수 없는 마지막 승부가 펼쳐졌다.

흑랑대주 초지명.

그의 시야는 여전히 붉고 뿌옇게 불투명했다.

귀에선 '왕' 거리는 이명이 들렸고, 그 사이사이에 작은 비명과 병장기 소리가 나직하게 흘러갔다. 몸에서 느껴지는 지옥과 같은 고통마저 아스라해졌다.

"대주님! 괜찮습니까? 대주님!"

흑랑대 일조장이 초지명 곁에 다가와 눈물을 흘리며 외쳤다.

삼십 년간 야전에서 단 한 번도 멈추지 않았던 철혈의 대장부, 초지명.

그가 눈 하나를 잃고 피갑칠을 한 채로 멍하니 서 있었다.

"대주님."

일조장이 초지명의 어깨를 잡고 흔들었다. 그러자 초지명의 신형이 부르르 떨리더니 입술이 열렸다.

"누구?"

"접니다. 일조장 몽추입니다."

"아! 몽추. 그런데 여기는 어디지? 왜 이렇게 시끄러운……."

말을 하던 초지명의 왼쪽 눈에 기광이 번뜩였다.

붉고 뿌옇던 시야가 망막에 들어왔다.

조금씩 초점이 잡혔다.

"대주님, 정신이 좀 드십니까? 제게 업히십시오. 어떻게 해서든지 대주님을 빼낼 것입니다."

일조장 몽추가 말하는 가운데 초지명은 주변을 천천히 훑었다.

사방에서 피가 튄다.

수하들이 죽어 가고 있었다. 문득 초지명의 하나 남은 왼쪽 눈에서 붉은 눈물이 흘렀다.

혈루(血淚)!

"대주님! 시간이 없습니다. 어서 저에게 업히십시오!"

몽추가 악을 썼다.

초지명은 그런 몽추를 슬픈 눈으로 보며 말했다.

"나는…… 싸움에 패한 무능력한 장수다."

몽추가 불길한 예감에 눈을 치켜떴다.

"대주님!"

"하지만 수하들을 팽개치고 도망가는 파렴치한 장수가 될 수는 없지."

"……"

"내가 지금 할 수 있는 걸 해야겠다."

초지명은 하나 남은 눈으로 전면을 보았다.

그의 눈에 무적검이 초로(初老)의 도사에게 안겨 전장을 빠져나가는 장면이 들어왔다.

그의 시선을 몽추가 따랐다.

"무적검을 쫓으실 겁니까?"

"아니, 그보다 훨씬 중요한 자. 본 교에 재앙이 될 인물. 향후…… 군신(軍神)이 될지도 모르는 사내다. 천랑대주의 경고를 귀담아 들었어야 했거늘."

초지명의 눈길은 무적검을 넘어 더 뒤로 달렸다.

목마를 타고 전장을 내려다보며 지휘하는 청년.

아까 전까지만 해도 그의 근방에 적지 않은 호위들이 운집해 있었다. 그러나 지금은 무주공산.

앞을 막고 있는, 엉망진창이 되어 가는 전열의 느슨한 곳을 뚫으면 충분히 가능성이 있었다.

설사 가능성이 없다고 하더라도 해야만 하는 일이다.

그래야 흑랑대의 최후가 덧없지 않을 것이다.

초지명이 발걸음을 뗐다.

"내 목숨은…… 저 청년의 목숨과 바꾼다."

피투성이인 초지명이 몽추를 지나쳤다.

그러자 몽추 역시 벌떡 일어나서는 비장하게 말했다.

"끝까지 대주님을 따르겠습니다."

초지명의 한 걸음.

무겁다.

늘 들고 다니는 청룡극 역시 너무 무겁다.

내리쬐는 태양은 불로 지지는 듯하고, 스치는 미풍마저도 상처를 후벼 판다.

그러나 초지명은 전신을 태울 것 같은 고통을 참으며 앞으로 걸었다.

자신은 죄인이다.

믿고 따라 준 수하들을 지옥으로 몰아넣은 죄인.

용서를 빌 면목도 없다.

그러나 복수를 해야 저승에서 수하들에게 변명이라도 할 수 있지 않겠는가?

우리를 이리 만든 원흉을 잡아 왔노라고.

초지명은 자신의 단전에 얼마 남아 있지 않은 내력을 끌어 올렸다.

부족했다. 터무니없이 부족하다.

무적검과의 그 짧은 대결은 너무나 많은 공력을 소진시켰다.

그러나 모자란 것은 자신의 목숨으로 채워 놓을 심산이었다. 초지명의 외눈이 살기를 뿌렸다.

체력, 내공이 모두 형편없다. 부상도 심각하다.

그러나 자신에게는 장수로서 해야 할 책임이란 것이 있었다.

부우우웅.

그의 청룡극이 다시 움직였다.

"끄아아악!"

앞을 막아섰던 현무단 일조원이 비명과 함께 쓰러졌다. 그리고 초지명이 앞을 향해 뛰었다.

"하아아아압!"

그의 우렁찬 기합이 담긴 고함이 입안에 고인 핏물과 함께 잇새로 터져 나왔다.

제9장
백운회 그리고 천류영, 엇갈리는 운명

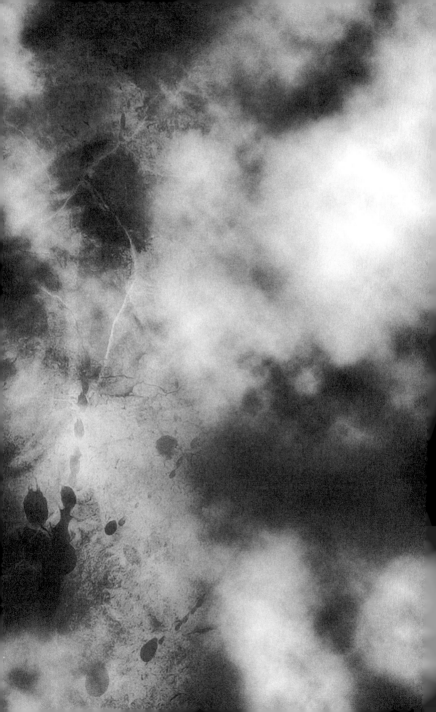

1

능운비와 함께 길을 나선 삼조의 조장 이수광은 서른넷의 나이로 귀주성(貴州省)의 성도인 귀양(貴陽)에 위치한 귀양장(貴陽莊)의 소장주다.

고수라고 불리기에는 약간 부족함이 있으나 일류 수준의 무인으로서 나이에 비해 수준 높은 창술을 구사했다.

성격은 약간 소심하다고 느껴질 정도로 차분한 인물이었는데 귀양장의 장주는 그의 호위로 참월도를 붙여 주었다.

삼조의 부조장이면서 최고수인 참월도는 언행에 있어

매우 적극적이어서 소장주의 단점을 채워 주길 바란 것이다.

이수광은 앞으로 이동하면서도 연방 뒤를 흘낏흘낏 바라보다가 입맛을 다시며 말했다.

"동료들에게 미안한 마음이 듭니다. 모두 생사투를 벌이는 와중에 우리만 빠져나오다니."

그의 말에 참월도가 맞장구를 쳤다.

"그러게 말입니다. 나는 아직 제대로 몸도 풀지 않았는데. 쩝."

야차검과 동년배인 마흔 둘의 중년인, 참월도는 아까 이수광 조장과 함께 대적했던 흑랑대 이조장, 파륵이라는 인물을 떠올렸다.

무공 실력이 대단한 자였다.

만약 자신 혼자서 상대했더라면 위험할 수도 있었다. 하지만 한편으로는 그래서 더 아쉬움이 남았다.

그런 인물과 생사투를 벌인다는 것은 무인으로서 흔한 경험이 아니다.

만약 천류영의 작전 지시로 인해 뒤돌아 나오지 않았더라면 끝까지 붙어 승부를 내고 싶은 마음이 간절했었다.

뭐랄까?

뒷간에 갔다가 일을 제대로 보지 못하고 나온 느낌이랄까?

이수광과 참월도의 말에 능운비가 정색하고 말했다.

"일단 저 앞에 오는 자부터 처리하지. 정말이지 경공 하나는 타의 추종을 불허하는 솜씨네. 만만하게 생각했다가 어이없게 당할 수도 있음이야."

능운비는 정확히 꼭 집어서 말할 수 없는, 본능적인 불길함을 느꼈다.

사실 그는 천류영의 부탁에 삼조와 합류하면서도 큰 부담을 느끼진 않았다.

방금 삼조의 조장과 부조장이 나눴던 대화처럼 그 역시 뒤에 남겨진 동료들의 안위가 더 걱정이 되었다.

참월도가 입꼬리를 비틀며 여유로운 미소를 지었다.

"경공에 특화된 재주꾼들은 흔하지 않습니까?"

그의 말처럼 대부분의 문파나 많은 단체, 조직들은 경공술에 재능이 있는 이들을 소수 추려서 집중적으로 훈련, 육성시키는 경향이 있었다.

발이 빠르다는 건 전령 등 여러모로 쓸모가 많기 때문이다.

능운비는 다가오는 한 명을 뚫어지게 보면서 고개를 저었다.

"저 정도의 경공술이라면…… 그저 전령으로 치부하기엔 너무……."

능운비가 말을 멈추고 눈을 화등잔만 하게 떴다.

내공을 실어 안력을 높인 그에게 다가오는 사내의 얼굴이 조금씩 선명하게 잡혔다.

상당한 외모의 미남자.

그리고 오른쪽 뺨을 가로지르는 깊은 검상!

"진짜 천마검 백운회란 말인가?!"

능운비가 경악하며 외치듯 떨어뜨린 질문에 현무단 삼조가 모두 놀란 표정으로 눈을 비비고 앞을 뚫어지게 주시했다.

"아! 얼굴에 저 검상은······."

참월도가 먼저 믿기지 않는다는 어투로 말했다.

그리고 차츰 여기저기서 불신의 목소리가 흘러나왔다.

"정말 천마검이다. 소문의 그 얼굴이 확실해."

"그가 홀로 이곳으로 달려오고 있는 거라고?"

전혀 예상하지 못했던 인물의 등장에 긴장감이 팽배해졌다.

흑랑대주의 무서움을 익히 경험한 그들에게 마교 최강의 부대를 이끄는 천랑대주, 천마검은 적지 않은 두려움으로 다가왔다.

삽시간에 부대의 사기가 흔들리는 시점에 이수광이 소리쳤다.

"참으로 다행하게도 천 공자께서 이런 가능성을 간파하고서 단주님을 붙여 주셨다."

천류영.

이제 그는 이곳에 있는 정파인들에게 절대적인 신뢰를 심어 주었다.

또한 그들이 속한 현무단의 최고 수장인 능운비 단주도 이곳에 있었다.

정확한 속사정을 모르는 수하들에게 능운비 단주는 그 무서운 흑랑대주를 홀로 여유롭게 상대한 것으로 보였다.

"맞아, 그렇지."

"단주님도 함께 계시다."

"그렇다면 우리가 꿀릴 것이 없지. 단주님뿐만 아니라 조장님도 계시고 참월도께서도 있고. 그러면 우리가 그 유명한 천마검을 잡는 공을 세우게 되는 건가?"

"하하하, 그렇군."

삼조장 이수광의 외침은 참으로 시기적절했다.

조원들 가슴에 공포가 젖어 들려는 순간을 곧바로 차단하고 더 나아가 자신감까지 부추겼다.

참월도가 호기롭게 나섰다.

"천마검의 첫 번째 칼을 제가 받지요."

그러자 이수광이 고개를 끄덕이며 말을 받았다.

"그럼 그 옆에서 제가 조금 거들겠습니다."

아까 둘이서 파륵을 상대할 때처럼 번갈아 공격과 수비를 하겠다는 뜻이다.

능운비는 더 신중해야 한다고 말하려고 했다.

그러나 참월도의 말에 삼조원들이 병장기를 치켜들며 함성을 질렀다.

"와아아아!"

"우리도 함께하겠습니다."

참월도 뒤로 삼조의 조원들이 부리나케 달려와 단단한 벽을 구축했다.

그 움직임에 졸지에 가장 후위에 남게 된 능운비는 혀 끝까지 도달한 말을 삼켰다.

전장의 부대에 사기만큼 중요한 것이 어디 있겠는가?

사기가 충천한 이들을 굳이 말리는 것은 어리석은 짓이었다.

천랑대주, 천마검 백운회.

무서운 속도로 달리는 그의 준수한 얼굴은 일그러져 있었다.

초지명이 이끄는 흑랑대가 정파인들에게 포위되어 있다는 사실은 충격으로 다가왔다.

수라장을 헤치면서 삼십 년을 야전에서 살아온 초지명이다.

그런 그가 어떻게 저런 궁지에 몰릴 수 있을까?

답은 하나다.

결국 그 정체불명의 인물이 또다시 뭔가 놀라운 짓을 꾸민 것이다.

죽여야 한다.

그리고 초지명을 살려야 한다.

쇄애애액. 쇄액, 쇄액!

마치 새처럼 질주하는 그의 귓가로 세찬 바람이 스쳤다.

펄럭거리는 옷은 그 엄청난 속도에 찢겨져 나갈 것만 같았다.

자신의 앞에 스물 몇 명의 정파인들이 진을 쳤다.

백운회의 입가에 비릿한 조소가 맺혔다.

본 교의 무사들을 농락하고 죽인 자들.

하지만 이제부터는 너희들이 저승사자와 대면하게 될 것이다.

정파인과의 거리 어느새 삼십여 장.

그때 백운회의 속도가 갑자기 두 배 가까이 빨라졌다.

파아아앗!

마치 시위를 떠난 화살처럼 백운회의 신형이 폭사했다.

육지비행술의 경공술이 천마폭행공(天魔暴行空)으로 변한 것이다.

차앙!

백운회가 자신의 장검을 뽑아 들었다.

천마검의 달려오는 속도에 맞춰 대결을 준비하던 선두의 참월도가 눈을 부릅떴다.

아니, 그뿐만 아니라 모두가 숨을 들이키며 당황했다.

지금 그들은 태어나서 사람이 저렇게 빠를 수도 있다는 것을 처음 깨달았다.

무려 삼십 장의 거리가 있었다.

그런데…… 눈을 몇 번 껌벅이는 순간에 천마검이 자신들의 지척에 다가와 있었다.

"어?"

참월도는 자신도 모르게 기겁성을 터트렸다.

하지만 그는 하수가 아닌 고수. 정신은 놀랐지만 몸은 곧바로 본능적 위기감에 반응했다.

슈가가각!

그의 칼이 지척에 다다른 백운회의 머리를 향해 움직였다.

쩡! 서걱.

둘의 칼이 부딪치며 쇳소리와 불꽃이 튀는 순간, 백운회의 검이 곧바로 튕기듯 떼어지다가 다시 휘돌아 참월도의 상반신을 사선으로 그었다.

그리고 백운회는 참월도 옆의 이수광을 향해 잇달아 검을 휘둘렀다.

세 번의 움직임.

그러나 칼이 그리는 궤적은 마치 단, 일 초식 같았다.

물 흐르듯이, 바람이 불듯이 그렇게 백운회의 검은 한 번의 검 짓을 그렸다.

그리고 참월도의 뒤에 있던 두 현무단원이 이를 악물며 내리긋는 검격 안으로 기꺼이 몸을 던졌다.

슈가각.

두 현무단원의 검이 파공성을 일으키며 천마검을 베었다.

그러나 그들은 그가 지나간 허공만을 때렸다.

파아앗. 콰직.

백운회의 검이 한 사내의 옆구리를 찔렀다.

그리고 자연스럽게 검을 비틀면서 찔러 넣은 옆구리의 상처를 벌어지게 했다.

그렇게 하면서 검파를 쥔 손은 위로 올라갔다. 그 올라간 손에 다른 현무단원의 턱이 맞으면서 뒤로 나동그라졌다.

역시 이번에도 최소의 움직임으로 최대의 효과를 내는 동작이다.

백운회가 이미 지나친 삼조 부조장, 참월도.

그의 왼쪽 어깨에서부터 오른쪽 옆구리까지 상반신이 갈라져 피가 콸콸 쏟아졌다.

그리고 이수광의 목이 땅으로 툭 떨어져 데구르르 굴렀다.

검이 너무 빨라 이제야 피분수가 솟구치며 육신이 분리되는 것이다.

츠츠츠츠츠.

천마검의 검에서 괴이하면서도 섬뜩한 소리가 일더니 검은 유형의 실선이 사방으로 뻗었다.

검기가 진화한 검사(劍絲).

"끄아아아악!"

"꺼으윽."

검사를 미처 피하지 못한 네 명의 현무단원들이 비명을 지르며 쓰러졌다.

죽지는 않았으나 치명적인 부상을 입은 그들은 땅을 데굴데굴 구르며 고통을 호소했다.

친했던 동료가 쓰러지자 눈이 뒤집힌 현무단원이 천마검을 향해 창을 찔러 넣었다.

"악마! 죽어!"

백운회는 다가오는 창을 보며 피식 웃었다.

쏜살같이 짓쳐 들어오는 그의 창이 백운회의 가슴을 관통하기 직전, 백운회의 칼이 상대의 창 앞부분을 후려쳤다.

쩌엉.

백운회의 힘을 이기지 못한 창이 위로 올라갔다. 당연히 그의 앞은 무방비.

슈각!

허리가 일검에 양단된다.

갑자기 백운회의 신형이 풍차처럼 쾌속하게 왼쪽으로 그리고 오른쪽으로 한 번씩 두 바퀴 돌았다.

그 섬전과 같은 몸놀림은 선풍각(旋風脚), 돌려차기다.

폭풍 같은 돌려차기에 양단된 시신이 핏물을 뿌리며 좌우로 날아갔다.

동료의 시신이 날아오자 질겁을 한 현무단원들이 주춤 물러서는 순간 백운회는 더 앞으로 나아갔다.

그는 마음먹은 어디로든 가는 바람이었고, 저항하는 것은 부숴 버리는 폭풍이었다.

콰직. 샥!

"컥."

"으아아악!"

비명을 지르며 두 현무단원이 무릎을 꿇었다.

그리고 현무단 중간을 일체의 머뭇거림도 없이 관통한 백운회 앞에 남은 사람은 능운비 혼자였다.

그야말로 삽시간에 벌어진 지옥.

대처는커녕 생각할 시간도 주어지지 않았기에 능운비는 지금 눈앞에 벌어진 광경을 믿을 수가 없었다.

천마검 백운회.

그는…… 사신(死神)이었다.

중원에 퍼진, 황당무계하다고 생각했던 그의 소문은 한 치의 거짓도 없는 진실이었다.

흔들리는 능운비의 눈에 백운회 너머 멀리에서 자욱한 흙먼지를 일으키며 달려오는 무수한 무리가 보였다.

그건 애써 머리를 굴리지 않아도 짐작할 수 있었다.

마교 최강의 부대, 천랑대의 출현이다!

더 큰 문제는 천류영이 예상한 것보다 그 인원이 훨씬 많아 보인다는 점이었다.

"이건…… 악몽이야."

능운비는 자신의 앞으로 서늘한 미소를 짓고 다가오는 천마검을 보며 탄식했다.

이자는 지금껏 자신이 상대한 그 어떤 자보다 강한, 차원이 다른 고수였다.

*   *   *

천마검과 현무단 삼조가 충돌하기 반 각 전(前).

흑랑대주 초지명은 정파의 전열 중 가장 느슨해 보이는 곳을 향해 돌진했다.

부우우웅.

청룡극은 울음을 토하며 허공을 날았다.

햇살이 피를 머금은 은빛 쇳날에 부딪치며 찬란히 부셔진다.

쩌어엉!

곤륜의 노도사가 이를 악물고 초지명의 청룡극을 막으며 외쳤다.

"어림없다. 무적검에게 갈 수 없다!"

노도사는 지금 초지명이 뒤로 빠져나가는 한추광을 노린다고 짐작한 것이다.

순간 초지명의 눈에 이채가 흘렀다.

자신이 노리는 것이 무적검이라고 생각한다면 그렇게 연기해 준다.

"무적검의 마지막 숨통을 끊을 것이다!"

그가 천둥처럼 고함을 지르며 팔을 휘둘렀다.

파아아아앙.

수많은 부상으로 혈인이 된 초지명에게 나오는 힘이라고는 믿겨지지 않는 괴력.

쨍!

노도사의 검 허리가 동강났다.

검의 주인은 그 막대한 힘을 이기지 못하고 옆으로 팽개쳐졌다.

그 순간 초지명의 옆구리로 파고 들어오는 창!

쩌엉!

초지명의 뒤를 따르던 일조장 몽추가 그 창을 튕겨 내며 앞으로 나섰다.

"대주님! 가십시오! 마지막 뜻한 바를 반드시 이루십시오!"

그 외침을 끝으로 몽추가 쏟아지는 도검들을 후려쳤다.

파파파아앗. 쩽쩽. 쇄애애액.

살기를 머금은 쇳소리. 대기를 찢는 파공성.

무리하게 앞으로 나아간 몽추는 왼팔을 베고 가는 칼날에 이를 악물었다.

"내가 흑랑대 일조장 몽추니라!"

그가 고함을 지르며 앞의 정파인을 향해 몸을 던졌다.

째애애앵!

사지로 들어간 그의 전후좌우로 정파인들이 일제히 공격을 가했다.

그리고 그에게 찰나 몰리면서 생긴 틈을 초지명은 놓치지 않았다.

타타타아악.

성큼 뛰더니 그 육중한 체구로 땅을 치고 몸을 띄웠다.

단숨에 삼 장여 허공을 돌파한 그는 착지하자마자 거침없이 뛰었다.

이제 앞에 있는 정파인들은 여기저기 흩어져 분산돼 있

고, 그 인원도 많지 않다.

"막아라!"

"한 대협을 보호하라."

"무적검이 위험하시다!"

기절한 한추광을 안고 있는 태청단주 석현자는 기겁했다.

맞서 싸우는 것은 두렵지 않았다. 그러나 자신이 흑랑대주를 막아 내지 못하면 무적검은 죽는다.

석현자는 있는 내력을 총동원해 동료 정파인들이 운집한 좌측의 벽으로 달렸다.

그 뒤를 초지명이 뒤따랐다.

"멈춰라. 무적검!"

초지명의 앞을 흩어져 있던 정파인들이 전속력으로 달려와 속속 막아섰다.

순간 초지명의 입가에 비릿한 미소가 떠올랐다.

그의 하나 남은 눈에 감도는 살기.

그의 고개가 옆으로 홱 돌았다.

정파의 책사.

그의 앞에 무인들이 한 명도 없다!

초지명은 움직이던 방향을 틀었다. 그리고 천류영을 향해 달렸다.

그제야 정파인들은 자신들이 커다란 실수를 저질렀음을

깨달았다.

혼돈의 순간에 가장 먼저 지켜 주어야 할, 몇 번이나 생명을 구해 준 은인인 천류영이 방치되어 있었다.

"아! 안 돼!"

정파인 누군가가 안타까움에 젖은 목소리로 외쳤다. 뒤따라가 보지만…… 누가 보아도 너무 늦었다.

천류영은 요동치는 전장과 오른쪽의 초원을 번갈아 보고 있었다. 그리고 현무단 삼조가 정체불명의 상대와 충돌하기 직전에 전면을 훑었다.

그때 흑랑대주가 무적검을 쫓다가 갑자기 방향을 자신에게 틀었다.

"음……."

천류영은 자신도 모르게 신음을 흘렸다.

설마하니 무적검이 아니라 자신을 노릴 것이라고는 예상 못한 것이다.

천류영.

그는 독고설이 독고무영에게 말한 것처럼 귀한 사람이 되어 있었다.

그러나 정작 자신은 그것을 정확하게 인지하지 못하고 있었다.

그는 곧바로 입술을 질끈 깨물고는 자신을 목마 태우고

있는 사내, 차명음이란 부상자에게 말했다.

"내리겠습니다."

차명음은 구 척의 긴 청룡극을 쥐고 달려오는 흑랑대주를 보며 얼어 있었다.

천류영은 쓴웃음을 지으며 그의 어깨에서 양다리를 뒤로 빼고는 뛰어내렸다. 그제야 정신을 차린 차명음이 격한 얼굴로 외쳤다.

"처, 천 공자!"

천류영이 빙그레 웃으며 고개를 끄덕였다.

"피하세요."

"공자님도……."

천류영의 쓴 미소가 짙어졌다.

공자님이 아니라 평범한 전직 쟁자수일뿐인데. 그러나 지금 호칭 가지고 말씨름할 수는 없었다.

"그러고 싶지만 그럴 수는 없습니다."

"예? 왜죠?"

"비록 칼을 들고 싸우지는 않았지만, 저 역시 한 마음으로 싸웠기 때문입니다. 그런데 제가 여기서 도망치다가 추하게 죽을 수는 없는 노릇이지요."

우연히 끼어들긴 했지만 자신이 지휘를 했고, 그것을 믿고 싸우다가 죽고 다친 이들이 부지기수다.

그런데 정작 자신이 비겁하게 도망치는 모습을 보일 수는 없었다.

　물론 도망쳐 봐야 절정 고수인 흑랑대주를 어떻게 피하겠는가? 결국 추하게 죽을 것이 빤하다는 것과 나름 멋지게 죽으면 정파인들이 자신의 가족 생계는 책임져 주지 않을까, 라는 소박한 믿음이 있었다.

　청화…… 아니, 검봉 독고설.

　그녀에 대해 잘 알지는 못했지만 분명 그 정도의 의리는 있다고 믿었다.

　천류영은 어느새 지척까지 다가온 흑랑대주를 보며 짙은 한숨을 내쉬다가 피식 웃었다.

　떨려야 정상이건만 기이하게 차분했다.

　왜 이리 침착한지 이상할 정도였다. 어차피 아등바등거려 봐야 추해지기만 할 뿐이라는 것을 알기 때문일까?

　그는 두 발로 대지 위에 굳건히 서고 흑랑대주와 마주했다.

　심장이 두근거렸다.

　천류영은 잠잠하던 두려움이 갑자기 몰려오는 것을 느끼며 고개를 들어 하늘을 우러렀다.

　창천(蒼天).

　푸른 하늘의 눈부신 태양이 그의 눈에 잠겨 들었다.

　"나…… 마지막 모습은 저렇게 빛이 날까? 그랬으면 좋겠는데……."

인생의 밑바닥을 힘겹게 버티며 살아온 삶.

그 마지막이라도 찬란했으면 하는, 슬픈 미소가 그의 입가에 걸렸다.

2

천공의 중심에 자리 잡았던 태양은 어느새 완연히 서녘 하늘로 기울어 갔다.

간간히 불던 바람은 천마검의 압도적 무위에 질렸는지 납작 엎드려 숨을 죽였다.

차앙!

현무단주 능운비는 이를 악물고 발검 했다.

오랜 세월 칼밥을 먹으며 살아온 고수로서 칼짓 한 번 못하고 죽는 것만은 사양이었다.

그 순간 능운비의 뇌리에 천류영이 한 말이 퍼뜩 스치고 지나갔다.

상대가 예상보다 훨씬 강한 인물이거나 오십 이상의 후위 부대가 있으면 후퇴하라는 천류영의 당부.

천류영은 최악의 경우를 예상해 한 말일 것이다.

그러나 불행하고 애석하게도 그가 염두에 둔 최악의 두 가지 가정은 모두 현실이 되었다.

"모두 뒤돌아 달려라! 아군과 합류하라!"

능운비는 잠시만이라도 자신이 천마검을 붙들어 두어야 한다고 다짐했다.

그렇지 않으면 이곳의 수하들은 몰살을 피할 수 없었다.

그의 명이 떨어지자 대개가 부리나케 움직였다.

그러나 일부는 망설이며 머뭇거렸다. 차마 수장을 두고 발을 떼지 못하는 현무단원 중 한 명이 힘껏 소리를 질렀다.

"단주님! 함께 싸우겠습니다."

능운비는 속으로 탄식했다.

천마검은 이곳에 있는 몇몇이 힘을 합한다고 해서 감당할 수 있는 상대가 아니었다.

그러나 수하에게 대꾸할 시간이 없었다.

천마검이 자신을 향해 검을 뻗어 오고 있었다.

빠르다. 숨 막힐 정도로 빠르다.

다가오는 검신에 흐르는 검기가 벌써 자신의 뼛속까지 얼릴 듯 차갑고 공포스러울 지경이다.

능운비는 이미 단전을 최대로 회전시키면서 진기를 검에 주입한 상태였다.

그가 천마검의 일격을 방어하려는 순간 거짓말 같은 일이 일어났다.

천마검이 살짝 몸을 틀면서 검을 회수한 것이다.

"왜?"

능운비는 자신도 모르게 천마검에게 물었다.

한 번도 멈추지 않고 전진하던 그가 갑자기 공격을 중단할 이유가 없었다.

백운회는 차갑게 웃으며 말했다.

"그대가 현무단주인가?"

오만한 말투.

능운비는 자신보다 젊은 천마검에게 건방진 질문을 받았음에도 그것이 자연스럽다고 느꼈다.

종사의 기도가 자연스럽게 몸과 말에서 묻어 나오는 인물이었다.

"그렇다. 내가 무림맹 현무단 단주 능운비다."

능운비는 자신이 기가 죽었다는 것을 숨기기 위해 가슴을 쭉 펴고 더 호탕하게 외쳤다.

"그래? 그렇단 말이지? 쓸모가 있겠군."

백운회는 흘러내린 머리를 한 손으로 쓸어 넘기며 저 멀리 앞쪽의 전장을 훑었다.

그건…… 능운비에게 대단히 모욕적인 행동이었다.

불과 이 장 반.

몇 걸음 내딛으면서 팔을 뻗어 검으로 찌르면 목숨이 위험할 수 있는 거리에서 상대는 지금 한눈을 팔았다.

"감히 나를 무시하는……."

능운비는 이를 갈며 공격하려고 했다.

그런데 그보다 먼저, 백운회의 지척에 있던 현무단원 한 명이 땅을 박차고 몸을 날렸다.

"죽어라!"

현무단 삼조의 조순하라는 스물여섯의 청년이다.

경공에 능하고 쾌검을 추구하는 일류 무사. 삼조에서 조장과 부조장 다음으로 강한 인물.

그는 친형처럼 따랐던 부조장 참월도가 죽은 것에 분개하고 복수를 위해 남은 자였다.

그런 조순하에게 천마검의 지금 행동은 천재일우의 기회나 다름없었다.

쇄애애액.

천지를 반분하는 쾌검.

그는 이번 일검에 자신의 모든 공력을 담았다.

능운비의 눈이 반짝였다. 머릿속이 번개처럼 회전했다.

천마검이 조순하의 검을 들어 막는다면 전면이 텅 빈다. 의도한 것은 아니지만 최고의 합격이 될 터였다.

능운비는 지체 없이 앞으로 발을 내디뎠다.

스르르륵.

백운회의 신형이 아지랑이처럼 흔들리며 조순하의 품 안으로 파고들었다.

아슬아슬하게 백운회를 놓치는 일검.

파라라락.

백운회의 소매가 깃발처럼 흔들렸다. 어느새 그의 좌수는 활짝 펴졌다가 세차게 조순하의 오른 손목을 움켜쥐었다.

금나수(擒拿手).

조순하는 안으로 파고드는 천마검을 향해 검을 꺾으려고 했지만, 그 뜻을 이룰 수가 없었다. 검을 쥔 손목을 잡혀 버렸으니까.

우드드득.

손목뼈가 부서지는 섬뜩한 소리가 허공을 울리며 비명이 터졌다.

"으아아악!"

그것으로 끝이 아니다.

백운회는 조순하의 손목을 부수면서 자신의 앞으로 던지듯 홱 내려쳤다.

이 모든 것이 단 한 번의 동작으로 일어났다.

푸욱!

능운비는 눈을 부릅떴다. 자신의 검이 조순하의 옆구리에 박혀 든 것이다.

"아!"

당황하는 능운비에게 죽어 가는 조순하의 동체가 덮쳤다.

능운비는 치를 떨면서 섬운보(閃雲步)라는 보법을 펼쳐 몸을 피했다.

파라라라.

능운비가 입은 옷자락이 빠른 움직임에 찢어질 것만 같이 펄럭거렸다.

보는 이의 눈이 현란할 정도의 섬운보가 끝나는 순간 천마검의 검이 능운비의 얼굴 전면으로 파고 들어왔다.

쇄애액.

능운비는 힘껏 허리와 고개를 젖혔다. 동시에 들고 있는 검으로 힘껏 위로 후려쳤다.

째앵!

시퍼런 불똥이 튀었다.

그런데 튕겨 나가야 할 천마검의 검이 꿈쩍도 않고 허공에 멈춰 있었다. 그리고 이내 그의 검이 능운비의 칼을 짓누르며 하강했다.

"크으윽."

능운비는 잇새로 신음을 흘렸다.

허리가 뒤로 젖혀진 상황인지라 제대로 검에 힘을 실을 수가 없었다.

백운회는 무심한 눈빛으로 검을 내리누르며 말했다.

"제법 괜찮은 보법이었다. 현무단주."

털썩.

결국 천마검의 힘을 감당 못한 능운비의 무릎이 꺾였다.

그 순간 백운회의 오른발이 능운비의 턱을 강타했다.

"커흑!"

능운비는 피분수를 뿜고 뒤로 넘어가며 정신을 잃었다.

압도적인 실력 차이를 확인한, 혹시나 하는 기대를 가지고 남아 있던 현무단원들은 그제야 죽어라 도망치기 시작했다.

백운회는 그들을 신경 쓰지 않고 기절한 능운비를 자신의 어깨에 둘러업었다.

그리고 앞으로 성큼성큼 걸으며 중얼거렸다.

"자, 끝이 아니라 이제 시작이다. 어떻게 반격할 것이냐? 나의 의도를 읽고는 있는 것이냐?"

그의 뒤로 이백의 천랑대가 구름 같은 먼지를 일으키며 질풍처럼 달려왔다.

*　　　*　　　*

쏟아지는 햇살 아래에서 천류영은 슬픈 눈으로 하늘을 우러렀다.

생의 마지막 순간.

참으로 초라했고 덧없는 삶 속에서 남은 것이 하나도

없었다.

그래서 아쉬울 것도 없었던 인생이라고 할 수도 있겠지만, 가족에게만은 미안했다.

호강은 못 시켜도 지긋지긋한 가난에서 조금은 벗어나게 하고 싶었는데…….

자신의 부고(訃告)를 받게 될 어머니와 여동생.

그들이 슬퍼하는 모습이 머리에 떠올라 가슴을 저몄다.

그렇게 죽음을 받아들이는 순간 천류영의 눈이 커졌다.

"지켜라!"

"지켜야만 한다!"

그의 뒤에서 결의에 찬 고함이 잇달아 터졌다.

그리고 천류영의 좌우로 나와 앞을 막아서는 사람들.

아미파의 비구니를 비롯해 싸울 형편이 안 되는 심각한 부상자들이 지친 몸을 이끌고 나선 것이다.

천류영은 당황해 말문이 막혔다.

하지만 곧바로 이건 아니라고 말하려는 순간 누군가가 그의 허리를 뒤에서 잡아채고는 물러났다.

놀란 건 그뿐만이 아니라 흑랑대주도 마찬가지였다.

싸움이 시작될 때 잠깐 일어섰을 뿐, 그럴 기력도 없다는 듯이 주저앉아 있던 부상자들.

탈진은 기본이고 팔이 없어진 자들, 다리가 베인 자들, 그리고 깊은 상처로 금방 숨이 넘어가도 전혀 이상할 것 같지 않은 이들까지 칼을 들고 자신의 앞을 막아서고 있었다.

"비켜라!"

마치 맹수의 울부짖음 같은 초지명의 일갈.

부우우웅!

청룡극이 파공성을 일으키며 허공을 찢어발겼다.

쩡, 쩌어어어엉.

한 개의 칼 그리고 두 개의 봉이 한 번 휘두르는 청룡극에 허공으로 날아간다.

"비키란 말이다!"

초지명의 외침은 차라리 절규였다.

부우우웅!

두 번째 움직이는 청룡극에 아미파 비구니 두 명이 비명을 지르면서 쓰러졌다.

"물러서지 마라!"

"귀인을 구해야 한다!"

칠십여 중상자들이 찢어진 배를 움켜쥐고, 오른팔이 없어져 왼손으로 칼을 들고 외쳤다.

부우우웅!

"으아아악!"

쓰러진다.

내공도 힘도 모두 소진하고 제 한 몸 버틸 힘도 없는

이들이 마지막 힘을 다해 막아 내다가 바람에 떨어지는 꽃잎처럼 사라져 갔다.

천류영은 자신의 허리를 잡은 손을 풀려고 애를 쓰면서 외쳤다.

"왜? 왜!"

왜 이들이 스스로의 목숨을 던지면서 자신을 구하는 건가? 대체 왜?

그의 허리를 잡고 물러서던 곤륜 제자가 울먹이며 말했다.

"천 공자님을 구하기 위해서입니다."

천류영의 고개가 뒤로 돌아 눈물을 흘리는 그를 보았다.

"당최…… 제가 뭐라고요?"

"모르시겠습니까? 천 공자님이야말로 우리를 지금껏 살게 해 준 은인이고, 앞으로 우리를 살릴 희망이란 것을 말입니다."

천류영은 고개를 저으며 다시 앞을 보았다.

곤륜의 중년도사가 허망하게 목숨을 잃고 있었다.

"나, 나는 그렇게 대단한 사람이 아닙니다. 놓으십시오. 저도 제 목숨 잃을까 두렵습니다. 하지만 나 하나의 목숨으로 될 일을 이리 많은……."

"천 공자님을 내주면 우리는 패하는 겁니다. 그러면

지금껏 싸우다가 희생된 선배, 동료들의 목숨이 모두 그렇게…… 부질없는 것이 되고 맙니다.”

“……!”

천류영은 충격을 받은 얼굴로 곤륜 제자를 보았다.

그런가? 그랬던가?

자신의 어깨 위에 지금껏 죽어 간 이들의 목숨이 얹혀 있는 것인가?

그 수많은 이들의 탄식과 아픔, 희생 그리고 더 나아가 자존심과 희망까지 자신은 짊어지고 있었던 것인가?

“사십시오. 살아 주십시오. 그리고 오늘 죽어 간 이들을 기억해 주십시오. 천 공자님이라면 이들의 희생을 가치 있게 만들어 줄 것이라 믿습니다.”

천류영의 눈에도 습막이 어렸다.

“나는…… 그렇게 대단한 사람이 아닙니다. 그저 운 좋게 임기응변으로…….”

“스스로를 비하하지 마십시오. 그건 지금 천 공자님을 위해 죽어 가는 이들을 모욕하는 겁니다. 우리 모두는 이미 천 공자님의 무서운 재능을 보았습니다. 몇 번이나 우리를 위기에서 구하는 재주를 직접 보고 느꼈습니다.”

곤륜 제자는 숨을 헐떡이면서 천류영의 허리를 잡고 있던 팔을 풀었다. 그리고 허리를 숙이고 울며 읍했다.

“저도 가야겠습니다. 부디 우리의 희생을 기억해 주십

시오."

천류영은 숨이 막혀 왔다. 가슴에 바위라도 얹힌 양 답답하면서도 알 수 없는 울분이 터질 것만 같았다.

대체 이런 감정은 뭔가?

그때 갑자기 흑랑대주 초지명이 광소를 터트렸다.

"하하하. 으하하하하!"

내공을 실은 그의 웃음이 사위의 공기를 뒤흔들었다.

그의 갑작스런 광소에 전장의 치열한 싸움이 일순간 멈췄다.

초지명은 뒤로 물러났다. 그러나 천류영 앞을 막아선 중상자들은 경계의 빛을 누그러뜨리지 않았다.

초지명은 고개를 돌려 뒤를 보았다.

십여 명의 정파인이 칼을 들고 지척까지 접근해 있었다.

초지명은 그들을 보며 탄식했다.

"졌다. 내가 졌음이야……. 칼 쥘 힘도 없는 이들을 몇몇 벤다 한들 무슨 소용이 있을까? 이미 내 마지막 뜻을 이루기는 글렀거늘."

그의 말에 피투성이가 된 채 간신히 버티고 있던 일조장 몽추가 부복하며 외쳤다.

"대주님!"

초지명이 하나밖에 없는 눈에서 혈루를 흘리며 고개를

저었다.

"미안하다. 다시 태어난다면 너희들의 종이 되어 빚을 갚겠다."

그는 다시 시선을 돌려 멀찍이 떨어져 있는 천류영을 향해 외쳤다.

"비록 적이나 그대에게 존경을 표한다. 또한, 나의 패배와, 그대의 승리를 인정한다."

싸움이 멈춘 전장.

모두가 숨을 죽이고 초지명과 천류영을 번갈아 주시했다.

천류영은 느닷없는 변화에 멍하니 초지명을 바라보았다. 초지명이 말을 이었다.

"내 목을 주겠다. 대신 내 남은 수하들의 목숨을 살려주지 않겠는가?"

"……."

"이미 승패가 갈린 싸움이다. 끝까지 싸우면 우리는 결국 전멸하겠으나 너희들의 피해도 더 늘어날 터. 염치없지만 부탁한다."

쿵!

초지명이 천류영을 향해 무릎을 꿇었다.

흑랑대가 충격에 휩싸여 외쳤다.

"대주니이임!"

그러나 초지명은 수하들의 외침을 듣지 않았다. 아니, 들을 수가 없었다.

수많은 상처에 모든 내력과 체력을 소진한 그는 무릎을 꿇은 채 의식을 잃었다.

삼십 년간 야전을 누비며, 철혈의 돌격 대장으로 명성을 날린 초지명은 그렇게 굴복하며 모든 것을 내려놓았다.

그때 흑랑대 이조장 파륵이 버럭 고함을 질렀다.

"지원군이다. 아군이야!"

포위망에 갇혀서 천마검과 천랑대가 다가오고 있던 것을 몰랐던 흑랑대. 그리고 사력을 다해 싸우던 정파인들 대부분은 그때까지 마교 지원군의 존재를 인지하지 못했던 것이다.

현무단 삼조 중 살아남은 이들이 도망쳐 오고 있었고, 그 뒤에서 능운비를 둘러맨 백운회가 다가왔다. 그리고 더 뒤에서 이백의 천랑대가 질주해 왔다.

흑랑대의 함성과 정파인들의 혼란이 커졌다.

그 혼돈의 위로 백운회의 사자후가 한 줄기 벼락처럼 떨어졌다.

"으허허어헝!"

가공할 마기가 허공을 넘어 해일처럼 몰려들었다.

정파인들은 가슴이 답답해지는 것을 느끼며 이를 악물었다. 혈도를 타고 흐르는 진기가 마기에 반응하며 들끓었다.

내공이 없는 천류영은 가슴이 답답한 것을 넘어 토할 것 같이 메스꺼웠다. 안색마저 핼쑥해졌다.

백운회는 사자후에 이어 광오한 목소리로 외쳤다.

"흑랑대여! 포기하지 마라! 나, 천마검 백운회 그대들을 돕기 위해 왔다."

정파인들의 혼돈이 정점으로 치닫는 순간, 천류영이 창백한 얼굴로 전면에 나섰다.

3

천류영은 자신을 살리기 위해 죽어 간 이들로 인해 극심한 혼돈을 겪었다.

오늘 아침까지만 해도 자신은 칼 찬 무림인을 보면 눈을 깔고 눈치를 살폈다.

평범한 사람이 성질 더러운 무사에게 잘못 걸리면 반병신이 되는 건 일도 아닌 것이 현실인 세상.

그런데 그렇게 막강한 힘을 가지고 있는 무림인들이 자신을 위해 초개와 같이 목숨을 던지는 광경은 어딘지 비현실적인 모습처럼 보일 지경이었다.

마치 한바탕 꿈같은 그 혼돈 속에서, 천류영은 마교 지원군의 등장으로 인해 깨어났다.

그는 다가오는 위기에 퍼뜩 정신을 차렸다.

지금 이상해져 버린 자신의 지위나 위치는 중요한 것이 아니었다.

살아야 했다.

자신을 위해 죽어 간 이들을 위해서라도 살아야 했다.

그리고 남은 자들을 구해야 했다. 그게 자신을 살리기 위해 목숨을 버린 이들에게 보답하는 길이었다.

싸움이 막바지로 치달았으나 아직 완전히 끝나지 않은 지금 마교의 지원군이 들이닥치면 정파 인들은 낭패를 면하기 어려웠다.

그가 정신없이 부상자들의 앞으로 나설 때, 천마검의 사자후와 고함이 터졌다.

천류영은 다리가 후들거려 주저앉을 뻔했지만, 이를 악물고 버텼다.

그리고 더 앞으로 나아가 힘껏 소리를 질렀다.

"모두 포위를 풀고 물러나십시오!"

정파인들은 곤혹스러운 표정으로 흑랑대와의 거리를 벌렸다.

하지만 다 잡은 고기를 놓친 아쉬움이 역력한 표정으로 머뭇거렸다.

천마검과 그 수하들이 당도하기 전에 조금이라도 흑랑대의 전력을 줄여야 하지 않나 라는 생각이 든 것이다.

천류영이 다시 고함쳤다.

"어서 물러나십시오! 싸우다가 적들을 맞고 싶습니까? 어서요!"

그의 외침에 가장 먼저 독고무영이 반응했다.

"독고세가는 전열을 유지하며 물러난다!"

그러자 여기저기에서 중간 간부들이 천류영의 말을 받아 외치며 물러섰다.

흑랑대는 안도의 한숨을 내쉬며 눈을 번뜩였다.

절망이 희망으로 화하고 있던 그들은 이내 주변의 동료를 보고는 다시 비탄에 빠졌다.

총 이백사십 명이었던 전력이 채 팔십도 남지 않았다. 그리고 대부분이 부상을 입은 상태였다.

대패(大敗).

숱한 격전을 치룬 흑랑대가 처음 맛보는 완패였다.

거기에다가 수장인 흑랑대주마저 기절한 채 정파인의 손에 있었다.

몽추와 파륵이 격한 숨을 내쉬면서 전면을 보았다.

그 눈빛에는 어떻게 하면 대주를 구해 낼 수 있을까, 하는 염원이 역력했다.

마음은 간절했으나 섣불리 움직일 수가 없었다.

물러서는 정파인들을 자극해서 좋을 것은 하나도 없었다.

또한 실신한 대주의 목에는 정파인의 칼이 드리워 있었

다. 자신들이 준동하면 가차 없이 대주의 목을 치겠다는 엄포였다.

몽추와 파륵은 이를 악물고 고개를 떨어트렸다.

이제 천랑대주를 믿는 수밖에 없었다. 그리고 그러면 믿을 수 있다고 생각했다.

정파는 천류영의 뒤로 방진의 형식을 갖춘 배수진을 다시 편성하기 시작했다.

그동안 흑랑대는 뒤로 물러나 천마검과 조우했다.

몽추와 파륵이 천마검 앞에 부복하며 말했다.

"천랑대주님. 저희 대주님을 구해 주십시오."

"복수를 해 주십시오."

백운회는 처참한 흑랑대의 몰골을 보며 한숨을 삼켰다.

정파의 포위망에 갇혀 있던 흑랑대의 피해를 정확히 파악할 수가 없었다.

그러나 이렇게까지 처참하게 당했을 것이라고는 전혀 예상하지 못했다.

특히나 믿었던, 그 용맹무쌍한 흑랑대주까지 적의 손에 넘어간 것은 충격적인 일이었다.

기실 그가 현무단주를 인질로 잡은 것은 흑랑대에서 중요한 장수가 잡혔으면 싸움 전에 교환하려는 의도였다.

그러나 그 대상이 흑랑대주가 될 것이라고는 전혀 상상도 못했다.

"지금까지 일어난 일에 대해 반 각 내에 말하라."

몽추는 정파의 변화무쌍한 진형과 그것을 지휘한 책사에 대해서, 그리고 무적검과 흑랑대주의 대결에 관한 것만 짤막하게 말했다.

백운회는 묵묵히 고개를 끄덕이며 듣고는 묘한 한숨을 내쉬었다.

"정파의 책사를 천 공자라 부른다고?"

정파의 쓸 만한 책사 중에 천씨 성을 가진 청년이 있었던가? 적어도 백운회의 기억 속에는 없었다.

몽추가 대답했다.

"예, 그리고 확실한 건 아니지만…… 그는 무공을 익히지 않은 것으로 보였습니다."

백운회는 묵묵히 고개를 끄덕이고는 홀로 앞으로 걸었다.

아직 천랑대가 도착하지 않은 시점인지라 몽추와 파륵을 포함한 흑랑대는 깜짝 놀랐다.

그러나 천랑대주가 설마하니 아무런 생각도 없이 나서지는 않을 것이란 믿음으로 천마검의 등을 보았다.

파륵이 몽추에게 말했다.

"현무단주와 우리 대주님을 교환하려는 거겠지요?"

몽추가 고개를 주억거렸다.

"그래. 부디 정파 놈들이 순순히 따라 주어야 할 텐데."

무적검 정도라면 교환할 가치가 된다.

그러나 현무단주를 흑랑대주와 바꾸려고 할까?

파륵과 몽추를 비롯한 흑랑대는 걱정이 가득한 시선으로 천마검과 정파인들을 번갈아 보았다.

진형을 갖추느라 바쁜 정파인들의 앞에는 천류영이 서 있었다.

그는 묘한 감정에 휩싸였다.

멀지 않은 저곳에 천마검 백운회가 있었다.

그는 자신을 기억할까?

모를 것이다. 세월이 많이 흘렀으니까.

선두에 위치한 천류영의 오른쪽에는 독고무영과 석현자가, 그리고 왼쪽으로는 독고설과 조전후가 서 있었다.

지치고 피곤한 얼굴의 독고무영이 천류영에게 말했다.

"결국 자네가 우려했던 최악의 경우가 일어났군. 천마검이 직접 이끄는 천랑대라……. 그것도 이백여 명은 되어 보이는데."

착잡한 음성이었다.

아직까지 정파인들 중에서 살아 있는 인원은 어림잡아 오백이 조금 넘었다.

그러나 제대로 싸울 수 있는 병력은 절반도 채 되지 않았다. 그리고 그 인원도 너무 지쳐 있는 상태다.

무엇보다 최고수인 무적검이 지금 싸울 수 없는 처지란 것은 뼈아픈 손실이었다.

악몽과도 같았던 공포를 선사했던 흑랑대주보다 더 높은 경지의 무위를 자랑하는 천마검이다.

그를 막아 낼 장수가 없다면 어떤 진세를 취하더라도 결국 뚫리고 말 것이다.

독고무영은 입술을 잘근잘근 깨물다가 다시 말했다.

"천마검은 나와 본 가의 세 장로들이 막아 보겠네."

조전후가 냉큼 말을 받았다.

"저도 힘을 합치겠습니다."

그들은 긴장하고 있었다.

천마검을 막으러 갔다가 돌아온 현무단 삼조의 목격담을 들은 것이다.

삼조장 이수광과 부조장 참월도가 단 일 합에 목숨을 잃었고, 현무단주 능운비마저 순식간에 제압당했다는 말은 정파인들에게 엄청난 충격을 선사했다.

자신들이 그동안 들었던 천마검에 대한 소문이 한 치의 거짓도 없는 사실이라는 확신은 두려움을 안겨 주기에 충분하고도 남음이 있었다.

독고설은 이미 내공의 대부분을 소진하고 체력마저

바닥을 향하는 상황에서 쓴웃음을 지었다.

그녀는 굳이 현무단 삼조의 얘기가 아니더라도 아까 천마검이 내지른 사자후에 충격을 받았다.

난생처음 접하는 어마어마한 마기였다.

이 드넓은 초원이 온통 그의 사자후로 가득 차는 것 같았다. 만약 그 마기가 광범위하게 퍼지지 않고 한 사람에게 집중된다면? 그리고 그것이 자신이라면?

상상만으로도 소름이 끼쳤다.

그녀는 자신이 우물 안 개구리였다는 것을 오늘 철저하게 깨달았다.

흑랑대 이조장 파륵이라는 자의 공격도 막기 버거웠다.

만약 자신이 사조보다 앞서 흑랑대주의 선공을 받았다면…… 이미 이 세상 사람이 아닐 것이다.

그런데 그보다 더한 고수가 눈앞에 나타났다.

천마검 백운회.

삼십여 장의 거리가 있음에도 불구하고 그가 어마어마한 괴물처럼 느껴졌다.

칼을 들고 있는 손이 자신도 모르게 떨고 있었다.

오늘의 싸움에서 끝까지 살아난다면 더 혹독한 수련을 하리라 다짐했다.

그러나…… 과연 살 수 있을까?

그녀는 고개를 옆으로 돌려 야차검 조전후를 보았다.

그도 입술을 간간이 떨고 있었다.

목울대가 계속 꿀렁대는 것을 보니 긴장으로 인해 마른 침을 연방 삼키고 있는 중이리라.

그녀의 시선이 독고무영에게 향했다.

다행히 아버지는 떨지 않았다.

그러나 조금 더 유심히 보니 더 좋지 않은 모습이었다. 아버지는 마치 모든 것을 내려놓고 마음을 비운 듯한 표정이었다.

마지막으로 독고설은 바로 옆의 천류영을 보았다.

그 순간 그녀는 속으로 기함했다.

담담하다.

아니, 오히려 눈이 반짝반짝 빛나는 것이 무슨 연인을 만나거나 오랜만에 벗을 보는 것 같은 설렘이 가득한 표정이었다.

입꼬리는 살짝 올라가 묘한 미소까지 맺혔다.

'하아아, 대체 이 사람은 뭐지?'

미치지 않고서야 어떻게 저럴 수가 있단 말인가?

그의 대담한 배포는 몇 차례 보았지만 이번엔 진짜로 기가 질려 버렸다.

그녀는 천류영을 향해 물었다.

"당신은…… 이런 상황에서도 전혀 떨지 않는 것 같네요?"

그녀의 말에 독고무영을 비롯한 조전후 등 여러 사람들이 천류영을 보았다.

그들도 독고설이 본 천류영의 눈빛과 표정을 읽었다.

모두의 얼굴에 놀람과 감탄의 표정이 교차했다. 그리고 일말의 기대감도.

쏟아지는 시선이 부담스러운지 천류영이 대꾸했다.

"설마요."

"설마가 아니라 진짜 그런데요?"

"……."

"정말 배짱만큼은 천하제일이라고 해도 믿겠네요."

"그게 아니라 다행이라는 생각이 들어섭니다."

천류영의 무덤덤한 대꾸에 독고설은 황당해졌다.

"다행이라고요? 뭐가요?"

"천마검이 진짜로 등장해서 말입니다."

"……."

"더구나 예상을 깨고 천랑대를 이백 명이나 끌고 와서 더 다행입니다. 많아야 오십 정도라고 예상했는데."

독고설뿐만 아니라 천류영 주변에 있는 이들은 모두가 멍청한 표정으로 눈을 껌뻑였다.

그들은 자신의 청력을 심각하게 의심하며 고개를 갸웃거렸다.

독고설은 손으로 자신의 머리카락을 마구 헝클고는 혀

를 내두르며 말했다.

"지금 그러니까…… 아주 무지막지한 고수가, 많은 수하들을 이끌고 나타나서, 지칠 대로 지쳐 있는 우리를 공격하려고 하는 것이 다행이라고 말한 건가요?"

독고설은 자신이 말하면서도 기가 막혔다. 너무 황당하다 보니 말하고 나서는 절로 실소가 새어 나올 지경이었다.

자신이 잘못 들은 것이 분명했다.

그런데 천류영은 설마 아닐 거라고 생각한 것을 그대로 대꾸했다.

"예, 맞습니다."

독고설은 순간 말문이 막혔지만 주먹을 불끈 쥐고 다시 확인했다.

"맞다고요?"

천류영은 그녀를 보며 고개를 끄덕여 주었다.

독고설은 입을 쩍 벌렸다가 의아한 눈빛으로 물었다.

"아까 전까지만 해도 천마검이 나타날까 걱정하지 않았나요?"

"예, 그랬지요."

"그런데 왜 갑자기 생각이 바뀐 거지요?"

"그때는 싸움이 한창일 때 나타날 것을 걱정한 겁니다. 그랬다면 우리는 결코 그를 막을 수 없었을 겁니다."

"결코 막지 못했을 것이라……."

독고설은 인정하기 싫었지만 천류영의 말이 사실이라는 것을 부인할 수가 없었다.

그녀는 천류영을 마치 노려보듯이 뚫어지게 보며 말했다.

"하지만 우리는 싸움을 끝내지 못했어요."

"끝낸 것이나 다름없지요. 그리고 흑랑대주는 지금 싸울 수 없죠."

"그러니까 지금은 천마검인 것이 더 좋다는 건가요?"

"예. 그는 문무를 겸비한 훌륭한 장수니까요."

독고설은 자신도 모르게 한숨을 흘렸다.

"휴우우……. 지금 이 상황에서 적장을 칭찬하고 싶은가요?"

"사실이니까요. 진실을 외면하면 제대로 된 대책을 내놓을 수 없는 법입니다."

천류영의 대책이란 말에 독고설의 눈이 반짝였다.

"어쨌든…… 그럼 이번에도 뭔가 묘책이 있다는 건가요?"

둘의 대화를 듣고 있던 많은 사람들은 바로 이 질문을 기다려 왔다.

모두의 눈과 귀가 천류영에게 집중됐다.

천류영은 어깨를 으쓱하고는 대꾸했다.

“최소한 여러분들은 살 겁니다.”

“……!”

“저는 흑랑대주가 나를 노리는 것을 보면서 깨달았습니다. 저들이 내 목을 간절히 원한다는 것을. 흑랑대주가 그렇게 생각했으니 천마검이야 더하겠지요.”

독고설의 큰 눈이 더욱 커져 화등잔만 해졌다.

천류영은 여차하면 자신의 목숨을 담보로 이곳의 사람들을 구하겠다고 말하는 것이다.

“지금 무슨 말을 하는 거예요? 당신이 목을 바친다고 해서 천마검이 우리를 그냥 놓아 줄 것이라 생각해요?”

“그럴 겁니다.”

“어떻게요?”

“제가 그렇게 만들 수 있습니다. 시간이 없으니 길게 설명하지는 못하지만, 지금껏 저를 믿어 주었듯 계속 믿어 주십시오.”

모두가 충격에 빠져 천류영을 보았다.

당최 무슨 방법이 있는지는 전혀 상상조차 되지 않았다.

그러나 중요한 건…… 이 사람이 자신들을 위해 희생하려고 한다는 것이었다.

독고설.

그 아름다운 여인의 얼굴이 일그러졌다.

그러나 그럼에도 그녀는 예뻤다. 모두가 아무 말도 못할 때 독고설이 고개를 세차게 저었다.

"그럴 수는 없어요. 당신은…… 당신만큼은 살리겠어요. 내가…… 내가 당신을 끌어들였잖아요. 그러니 당신을 지키겠어요!"

천류영은 그녀를 보며 잔잔하게 미소를 머금었다.

"제 가족을 부탁드리겠습니다."

"……!"

"고맙습니다. 별것도 아닌 저를 이리 귀하게 대접해 주셔서."

천류영은 주변에 있는 이들에게도 목례를 했다.

그리고 뒤돌아서서 자신을 보고 있는 많은 정파인들을 향해 정중하게 허리를 숙였다.

"제가 그래도 쓸 만하고 가치 있다고 느끼게 해 주셔서 감사합니다."

천류영의 듣기 좋은, 참으로 낭랑한 목소리가 정파인들의 귀에 그리고 가슴에 파고들었다. 그는 허리를 펴고 환하게 웃었다.

"약속드리겠습니다. 여기 계신 여러분은 모두 살아서 돌아갈 수 있을 겁니다."

정파인들은 숙연한 얼굴로 입술을 깨물며 침묵했다.

천류영의 아름다운 목소리에는 비장한 결의가 담겨

있음을 모두 느꼈다.

그의 환한 웃음은 처절한 슬픔을 담고 있었다.

독고설이 입술을 파르르 떨다가 외쳤다.

"제가 지금 말했잖아요. 당신을…… 지킬 것이라고! 그런데 왜 자꾸…… 멋대로 결정하려는 거죠?"

천류영은 고개를 저으며 말했다.

"천마검과 저들을…… 감당할 수 있겠습니까? 여러분들은 대부분이 부상자이고, 성한 분들도 격한 싸움에 지쳐 있습니다."

"하지만……."

"저는 괜찮습니다. 이미 과분한 대접을 받았고, 용감하신 분들의 희생으로 아직 살아 있는 겁니다. 빚을 갚아야지요."

천류영은 천마검 백운회가 홀로 나오는 것을 보고는 자신도 앞으로 나섰다.

"천마검이 싸우기 전에 현무단주와 흑랑대주를 교환하자고 말하고 있는 겁니다. 둘을 교환한 후에, 저 하나의 목숨으로 담판을 짓겠습니다."

그는 기절한 초지명을 안으려다가 휘청거렸다.

그 모습에 정파인들은 눈이 아리고 코끝이 찡해졌다.

흑랑대주의 공포를 맛본 그들에게 천마검은 넘어설 수 없는 두려움이었다.

그런데 이곳에서 가장 약한 천류영이 자신들을 지키기 위해 나서는 모습은 가슴속에서 뭔가가 울컥하고 치밀게 만들었다.

이러고도 자신들이 무사인가?

기실 그들은 방금 전까지만 해도 천마검과 마교 최강의 부대인 천랑대를 향한 두려움에 사로잡혀 있었다.

그러나 지금 이 힘없고 평범한 사내의 언행으로 그러한 공포를 가슴속에서 단숨에 밀어내 버렸다.

천류영은 힘겹게 흑랑대주를 안아 들었다.

그리고 홀로 앞으로 걸음을 내디뎠다.

단단한 체구의 초지명은 생각보다 훨씬 무거웠다.

그러나 천류영은 비틀거리면서도 앞으로 걸었다.

다가오는 무서운 고수 천마검을 향해, 천류영은 그렇게 홀로 나아갔다.

그 평범한 사람의 등이 정파인들의 눈에 각인되는 것처럼 파고들었다.

이곳에서 가장 약한 자의 모습이 아니었다. 아니, 약해서 더 놀라운 광경이었다.

그건…… 거인(巨人)의 뒷모습이었다.

4

천류영의 뒷모습을 물끄러미 보던 독고무영이 입술을 짓이기며 말했다.

"이건 아니다."

야차검 조전후가 한차례 몸을 부르르 떨고는 외치듯 말했다.

"시펄! 저 자식 뭐야? 감히 나 야차검을 부끄럽게 만들다니!"

정파인들 중 몇몇이 외쳤다.

"싸워서 이깁시다."

"이길 수 있습니다."

"죽음을 각오하면 두려울 것이 무엇이겠습니까?"

"천 공자를 지켜야 합니다!"

여기저기에서 터져 나오는 말들이 이내 함성으로 변했다.

"와아아아아!"

"싸우자!"

"싸워 이기자!"

"우와아아아아!"

땅바닥으로 가라앉았던 정파인들의 사기가 단숨에 하늘 끝까지 치솟았다.

독고설은 땅바닥에 있는 초지명의 청룡극을 줍고는 독고무영을 향해 말했다.

"아버지! 흑랑대주와 현무단주만 교환하고, 천 공자를 데려오겠어요!"

독고무영이 눈을 빛내며 고개를 끄덕였다.

마음을 비운 것처럼 보였던 그는 다시 전투를 앞둔 무인의 얼굴로 돌아와 있었다.

"반드시 데리고 돌아와야 한다! 우리는 싸울 것이다. 싸워 이길 것이다!"

"예!"

독고설이 부리나케 천류영의 뒤를 따랐다.

정파인들에게서 그녀를 응원하는 함성이 다시 터져 나왔다.

"와아아아! 천 공자를 모셔 오십시오!"

독고설은 그들을 향해 고개를 돌리고는 힘껏 고개를 끄덕였다.

그리고 얼마 가지 못한 천류영의 옆으로 금방 따라붙었다.

"천 공자! 저 함성 소리 잘 들리죠? 우리는 싸울 거예요. 그러니까……."

독고설은 천류영의 옆얼굴을 보고는 말을 잇지 못했다.

비장함과 슬픔이 교차하고 있을 거라고 예상했다.

그런데 그의 얼굴은 환하게 빛나고 있었다.

"천 공자……."

"공자 아니라니까요."

담담한 말투.

순간 독고설은 둔기로 뒤통수를 맞은 듯한 충격을 느꼈다.

"설마…… 일부러?"

천류영이 흐릿한 미소로 대꾸했다.

"저는 한 대협이나 흑랑대주처럼 호령 하나로 사기를 끌어 올릴 수는 없습니다. 하지만 사기를 끌어 올릴 뭔가가 반드시 필요한 시점이었습니다."

독고설은 부지불식간에 고개를 끄덕였다.

"그, 그렇죠."

"제가 할 수 있는 방법은 하나였습니다. 두려움을 슬픔과 자책으로, 그리고 그 감정을 분노로 승화시킬 계기가……."

독고설이 천류영의 말꼬리를 잡아챘다.

"그, 그럼 방금 그 모습이 연기였다는 건가요?"

"연기라……. 거짓이 아닌 진심 어린 연기라고 하죠. 어쩔 수 없지 않습니까? 그 방법밖에 없었으니까요."

"……."

"천마검과 담판을 하던 흥정을 하던 사기가 죽어 버린 부대를 가지고서는 아무것도 할 수가 없습니다. 설사 싸우게 되더라도 아까처럼 두려움에 질려서는 어떠한 계책을 쓰더라도 필패입니다."

"……."

"허장성세(虛張聲勢)라도 좋습니다. 지금은 뜨거워져야 합니다. 그래야 상대가 만만하게 보지 않을 겁니다. 그래야 우리에게 살길이 열릴 것입니다."

독고설은 등줄기를 타고 오르는 소름을 느꼈다.

몸 전체에 전율이 관통했다.

이 남자.

대단하다. 엄청나지 않은가?

날고 긴다는 무사들이 암울한 상황에 두려움을 느낄 때, 이 사람은 공포에 주눅 들지 않았다.

당당하게 맞서서 방법을 만들어 냈다. 무에서 유를 창조했다.

"천 공자……."

"공자 아니라니까요."

"……."

독고설은 멍한 표정으로 천류영의 옆얼굴을 보며 걸었다.

가슴이 든든해졌다.

어깨에 절로 힘이 들어갔다.

이 사내라면, 이 남자와 함께라면 어떤 곳에서도 두려움 없이, 당당하게 싸울 수 있을 것 같았다.

독고설.

그녀는 태어나 처음으로 한 남자에게 반하고 있었다.

물론 그녀는 지금 자신을 들뜨게 하는 감정이 이성에게 반한 것이라는 것을 전혀 모르고 있었지만.

백운회의 눈가가 살짝 찡그려졌다.

자신이 현무단을 굳이 따라가며 죽이지 않은 이유는, 그들이 본 것을 동료들에게 말하게 해서 정파인들의 사기를 저하시키기 위함이었다.

그의 의도는 적중했다.

그런데…… 갑자기 정파인들의 사기가 불처럼 뜨겁게 타오르고 있었다.

"무적검이 없는 상황에서도 저렇게 사기를 끌어 올릴 수 있는 사람이라……."

독고무영은 나름 괜찮은 장수이고, 인품도 훌륭한 인물이다.

그러나 사람의 마음을 휘어잡아 단숨에 전의를 일으킬 수 있는 자는 결코 아니다.

"또 너인가? 대체 너는 오늘 몇 번이나 나를 놀라게 할 셈인가?"

백운회는 혼잣말을 하며 점점 가까워지는 일남일녀를 보았다.

여인은 한눈에 보아도 대단한 미녀였다.

격한 전투를 치르면서 엉망이 되었음에도 자연스러운 아름다움이 묻어 나오는 절세가인이었다.

독고세가의 여식, 독고설일 것이다.

그러나 백운회는 그녀를 잠깐 보고 줄곧 사내를 주시했다.

그는 하류층이나 입을 법한 옷을 입고 있었다.

결코 공자라고 불리는 계층의 사람이 입는 의복이 아니었다.

정체를 알 수 없기에 백운회의 머릿속은 혼란스러웠다.

그러나 그는 담담한 신색으로 천류영과 마주 섰다.

천류영은 백운회와 열 보의 거리를 두고 흑랑대주를 조심스럽게 땅에 내려 두었다.

그러자 백운회도 능운비를 땅에 내려놓았다.

셋은 서로를 마주 보며 반대편으로 원을 그리며 돌고는 기절한 두 사람을 안아 들고 다시 자신의 위치로 복귀했다.

천류영 그리고 백운회.

둘은 서로 마주 보며 섰다.

천류영은 담담했으나, 백운회의 표정은 굳어 있었다.

이미 초지명의 부상을 전해 들었으나 생각보다 더 엉망인

상태였기 때문이었다.

몽추가 전한 말보다 피투성이인 초지명의 몸이 얼마나 대단한 격전을 치렀는지 더 확실하게 알려 주었다.

침묵을 깬 건 백운회였다.

"자네가 천 공자인가?"

천류영이 쓴웃음을 깨물었다가 입을 열었다.

"저기, 제가 좀 힘들어서 그런데 현무단주를 잠시 내려놓겠습니다."

"……"

천류영은 능운비를 자신의 옆에 눕히고는 백운회를 보며 말을 이었다.

"오늘 공자라 많이 불리는군요. 아닙니다. 저는 그냥 평범한 사람입니다."

"……"

"아! 진산 표국이라는 곳에서 쟁자수 노릇을 칠 년간 했지요. 그리고 어제 짤렸습니다. 뭐, 어차피 저에 대해 조사할 테니 궁금한 것이 있으시면 물어보십시오."

무표정하던 백운회의 얼굴에 어이없다는 기색이 드러났다.

"훗. 지금 그걸 나보고 믿으라는 건가? 전날까지 표국에서 짐꾼으로 일하다가 오늘은 정파인들을 지휘하는 책사가 되었다는 것을 누가 믿을까?"

"하긴 제가 생각해도 믿기지 않으니 믿으라고 강요할 수는 없는 노릇이지요. 어쨌든 사실입니다. 나중에 저에 대해 조사하면 다 드러날 일을 굳이 거짓말해서 뭐하겠습니까?"

백운회의 눈동자가 흔들렸다.

"진짜군."

"그렇다니까요."

"진산 표국의 주인이 누구인지는 몰라도 한심하군. 자네 같은 인재를 짐꾼으로 칠 년간이나 부리면서도 몰라보다니. 만약 내 수하라면 당장에 목을 쳤을 거야."

"하하하, 역시 칭찬은 좋군요."

천류영은 기분 좋은 표정으로 웃었다.

그 모습에 독고설은 완전히 졌다는 표정을 지었다.

'천류영! 이 사람의 심장은 분명 철로 만들어졌을 거야.'

비단 그녀만의 생각이 아니었다.

백운회도 피식 웃으며 고개를 절레절레 흔들었다.

"그럼 내가 자네를 뭐라고 부르면 될까?"

"천류영입니다."

"좋은 이름이군."

"계속 칭찬만 해 주시니 조금 남세스럽습니다. 하하하."

"그럼 어제나 오늘 어떤 우연을 통해 정파인들과 합류했다는 말이군."

"정확합니다. 제 옆에 있는 이 미녀분이 가난한 저에게 은자 백 냥을 불쌍하다고 주었지요. 그게 고마워서 조금 도와준다는 것이 어떻게 하다 보니 여기까지 오게 된 겁니다."

"그래? 후후후. 재미있군."

백운회의 입가에 묘한 미소가 떠올랐다.

그 웃음을 보며 독고설은 불안한 느낌이 들었다.

천마검 백운회.

마교의 그 무서운 고수가 지금 천류영에게 상당히 호의적이었다.

천류영은 마교의 많은 사람들을 해치운 장본인인데도 말이다.

백운회가 천류영을 직시하며 말했다.

"나와 함께하지 않겠나?"

독고설은 자신의 불길한 예감이 적중함에 입술을 질끈 깨물었다.

그녀가 끼어들기도 전에 백운회의 말이 이어졌다.

"은자 백 냥이 아니라 평생 돈더미에 묻혀 살게 해 주지. 수많은 미인들과 권력도 주겠어. 어떤가? 나와 함께 천하를 질주해 보지 않겠는가? 내 그대를 귀히 쓰겠다."

"……."

"만약 자네가 저기 있는 정파인들에게 미안한 감정이 있다면…… 내가 그들을 살려 주는 조건도 포함시키지. 그러면 저들도 자네를 결코 욕하지 못할 거야."

천류영은 표정에 어렸던 웃음기를 지우고 미간을 좁혔다.

그의 정색 어린 표정에 독고설은 초조해졌다.

이건…… 포섭을 위한 완벽한 유혹이었다.

잠시 닫혀 있던 천류영의 입술이 떨어졌다.

"저는 천마검 형님의 소문을 들으며 동경했습니다. 아! 형님이라고 해도 됩니까?"

그의 말에 백운회의 입가에 어린 미소가 짙어졌다.

"네가 원한다면 기꺼이 의형이 되어 너를 보살펴 주겠다."

"고마운 말씀입니다. 저는……."

보다 못한 독고설이 끼어들었다.

"천 공자! 지금 천마검은 당신을 꼬드기는……. 헉!"

그녀는 어마어마한 무형지기가 덮쳐 오는 바람에 말을 잇지 못했다.

백운회는 천류영을 볼 때와는 전혀 다른 차가운 시선으로 말했다.

"계집, 네가 나설 자리가 아니다."

독고설은 숨이 턱턱 막혀 왔다.

엄청나다 못해 가공스러운 기세였다. 질식해 죽을 것만 같은 공포가 그녀의 전신을 강타했다.

있는 내력을 끌어 올려 대항해 보았지만, 마치 바다에 돌을 던진 것처럼 자신의 공력은 힘 한 번 써 보지도 못하고 무장해제 되었다.

천류영은 독고설의 새파랗게 질린 표정을 보고는 말했다.

"힘을 거두시지요. 우리는 지금 인질을 교환하러 온 것이 아닙니까? 마협(魔俠)이라고도 불리는 분이 할 짓은 아니지요."

그 순간 독고설은 자신의 숨통을 조이던 무형지기가 단숨에 사라지는 것을 느꼈다.

"헉, 헉헉."

그녀는 금방이라도 쓰러질 듯, 위태위태한 표정으로 비틀거렸다.

아주 짧은 시간이었다.

그러나 그녀는 식은땀에 푹 절어서 격한 숨을 뱉었다.

흔들리는 그녀의 어깨를 천류영이 양손으로 잡았다.

"괜찮습니까?"

"처, 천 공자……."

"그놈의 공자 소리는……. 괜찮은 겁니까?"

독고설은 호흡을 조절하며 자신을 걱정스럽게 바라보는 천류영을 올려다보았다.

"가지…… 말아요."

"…….."

"만 하루도 안 되는 인연이지만…… 함께 술 마셨잖아요. 함께 싸웠잖아요."

그녀는 말하면서도 결국 내세울 것이 이것밖에 없다는 것에 초라함을 느꼈다.

상대는 모든 것을 주겠다고 유혹하는데…….

독고설의 입가로 혈흔이 비쳤다.

내공의 상당 부분이 고갈된 상태에서 결국 내상을 입은 것이다.

천류영은 말없이 미소를 지었다.

푸근하고 따뜻한 웃음이었다.

그 표정에 독고설은 자신도 모르게 따라 웃었다. 가슴이 두근거리면서 안도감이 들었다.

천류영은 그녀의 어깨를 손으로 토닥거리고는 백운회를 마주 보았다.

"유감스럽게도…… 방금은 제가 흠모하는 천마검의 모습이 아니었습니다."

백운회는 살짝 눈살을 찌푸리고는 대꾸했다.

"그대와 나의 새로운 운명이 탄생하는 자리다. 더불어 나는 확신할 수 있다. 그대가 나와 함께한다면 훨씬 더 수월하게 천하를 움켜쥘 수 있음을."

"천하라……. 너무 세상을 만만하게 보시는군요."

"쉽게 보는 것이 아니야. 나를…… 믿는 거다. 설사 불가능해 보일지라도 나는 내 꿈과 내 능력과 내 열정을 믿는다. 나는 그렇게 도전하면서 수많은 불가능을 가능으로 이끌었다."

"하긴…… 천마검 형님이라면 그런 말을 할 자격이 있지요. 인정합니다."

"천류영. 함께하자. 몇 년 안에 나와 함께 세상의 가장 높은 곳에 오르자. 나는…… 자신 있다."

천류영은 고개를 들어 하늘을 보았다.

"하늘이 되고 싶으신 겁니까?"

백운회가 싱긋 웃었다.

"그 질문은 내가 아무도 살아 돌아오지 못했던 천마동에 들어갈 때도 들은 것이지."

"뭐라 답하셨습니까?"

"파천(破天)! 하늘을 부수겠다고 말했다."

천류영이 고개를 내려 백운회를 보았다.

백운회의 말이 이어졌다.

"세상은 썩었다. 기득권자들이 힘을 가지고 횡포를 부리는 시대. 그렇다면 부수고 다시 만들어야지. 새로운 하늘을. 천류영! 나는 새로운 질서를 세울 것이다. 강자는 힘을 가진 의무를 다해 존경을 받을 것이고, 약자는 보호

받을 것이다."

천류영은 고개를 끄덕이며 답했다.

"말만으로도 설레는군요. 역시 제가 동경한 영웅이 맞습니다."

"마지막으로 묻지. 함께하겠는가? 거절한다면 나는 어쩔 수 없이 자네와 정파인들을 다 제거할 수밖에 없다. 그건 자네도 바라는 것이 아니겠지?"

천류영은 옆에 있는 독고설에게 고개를 돌렸다.

그녀는 불안한 시선으로 천류영을 마주 보았다.

"천 공자……."

천류영이 입을 열었다.

"어떻게 보면 제 가치가 이렇게 올라간 것이 독고 소저 덕분이라고 할 수 있을 겁니다. 전날 만나서 술 사 주고 은자도 주고……. 그 백 냥 때문에 제가 여기 있는 거니까요."

독고설은 다시 불안해졌다.

그러나 더 이상 그를 만류하는 것은 염치가 없는 짓이었다.

지금 두 가지의 길이 천류영에게 주어졌다.

하나는 천마검 백운회의 책사인 동시에 의제가 되는 길이다.

그 길은 천마검이 약속한 대로 부와 권력 그리고 아리따운 여인들이 가득한 길이다.

또한, 사내로 태어나 야망을 불태울 수 있는 자리.

남은 하나는 여기에서 싸우다가 결국…… 죽게 될 확률이 지극히 높은 길이었다.

그런데 어떻게 자신과 함께 돌아가서 싸우자고 말할 수 있겠는가? 그럼에도 그녀는 그가 가지 않기를 간절히 원했다.

이 사람이 없다면…… 자신과 뒤에 남은 동료들은 실낱같은 희망마저도 사라지고 만다. 그녀는 천마검이 자신들을 이곳에서는 놓아 준다는 말을 믿을 수 없었다.

이 사람이 없으면…….

그녀는 입술을 꼭 깨물었다.

자신은 아무것도 아니었다. 벌써 죽었을 것이다.

천류영은 흔들리는 독고설의 눈동자를 보며 물었다.

"독고 소저. 당신이나 저곳에 있는 정파는 무엇을 저에게 줄 수 있을까요?"

"……."

"권력, 부, 미녀, 그리고 사내로서의 야망. 그 외에 무엇을 줄 수 있을까요?"

"우리는…… 천마검이 말하는 것처럼 대단한 것을 줄 수는……."

"……."

"그래도 안 가면 안 되나요? 당신은 나에게 그리고

우리에게……."

그녀는 결국 말을 흐리고 잇지 못했다.

그녀의 맑은 눈에 눈물이 그렁거렸다.

그녀는 결코 눈물이 많은 사람이 아니었다. 아니, 오히려 무미건조하고 딱딱한 쪽에 가까웠다.

그런데 지금은 그냥 가슴이 북받쳐 오르며 간절히 천류영을 원했다.

이 사람이 없으면…… 그다음 일은 아무것도 생각할 수 없었다. 아니, 생각하기조차 싫었다.

독고설이 말을 못 잇자 천류영이 말했다.

"딱히 줄 것이 없다는 말이군요. 하지만…… 더한 것을 주지 않았습니까?"

"예?"

"목숨 말입니다."

"……!"

독고설의 눈이 커지는 가운데 천류영이 백운회에게 시선을 돌렸다.

"만약 천마검 형님과 더 먼저 만났더라면, 그리고 형님이 저의 가치를 알아봐 주었다면…… 나는 기꺼운 마음으로 형님을 따랐을 겁니다. 하지만 이제는 아닙니다. 왜냐하면…… 저를 살리기 위해 죽어 간 이들이 저곳에 있기 때문입니다. 그분들의 삶이 제 어깨에 고스란히 짐으로 남아 있기 때문입니다. 나는 이제 그 짐을 외면할 수 없습니다."

백운회는 한숨을 삼키며 실망한 기색을 드러냈다.

"거절인가?"

천류영이 고개를 끄덕였다.

"그렇습니다. 형님의 파천계(破天計)가 지향하는 것은 마음에 듭니다. 하지만 그것은 결국 또 다른 힘이고 폭력에 불과합니다. 그 과정에서 선량한 많은 이들이 희생되어질 테니까요. 모든 것을 단숨에 엎어 버리는 혁명(革命)은, 결국 반동을 불러 오고 더 큰 피를 요구합니다. 그게 역사(歷史)가 보여 주는 진실입니다."

"후후후, 생각이 다르군."

"그렇습니다. 혁명은 인간이 쓰는 도구에서는 가능하지만, 사람의 마음에서는 어렵습니다. 제가 형님이라면 개혁(改革)을 선택할 것입니다. 결국은 사람을 믿고 사람을 포용하는 개혁만이 진정한 의미에서 파천, 혁명을 이룰수 있습니다."

"어리석군. 혁명보다 개혁이 더 어렵다는 말이 왜 있는지 모르는가? 잘 들어라 천류영! 세상을 이끄는 것은 선각자와 영웅들이야. 이리저리 휩쓸리는 불나방 같은 사람들을 믿다니."

"예, 어리석은 짓이지요. 압니다. 그럼에도 나 역시 사람이니까…… 사람을 믿어야 한다고 생각합니다. 소수,

특정 세력만으로 군림천하(君臨天下)하는 것보다 많은 이들이 깨어나 함께한다면 외롭지 않고 좋지 않겠습니까?"

백운회는 실망한 눈빛에서 벗어나 싸늘한 냉기를 풍겼다.

"더 대화를 해서 설득하고 싶지만, 너는 이미 확고하게 결심을 굳힌 것 같군."

"제가 독고 소저보다 형님을 먼저 만났다면…… 형님을 설득했을 겁니다."

"후후후, 할 수 없지. 돌아가라. 곧 너희들을 남김없이 몰살시켜 주마. 내 제안을 거부한 걸 죽어 가면서 뼈저리게 후회하게 될 거다."

천류영이 어깨를 으쓱하고는 대꾸했다.

"우리가 질 것 같습니까?"

"후후후. 알게 해 주마. 압도적인 힘의 차이가 주는 공포를."

"글쎄요……. 저는 지지 않을 자신이 있는데요."

백운회의 눈 깊숙한 곳에서 기광이 일렁였다.

그 눈빛을 천류영이 담담히 받으며 싱긋 웃고는 말했다.

"한판 붙어 볼까요? 제가 장담하죠. 천마검 형님은 결코 우리를 이길 수 없습니다."

그의 호언장담에 백운회보다 오히려 독고설이 더 놀라 입을 쩍 벌렸다.

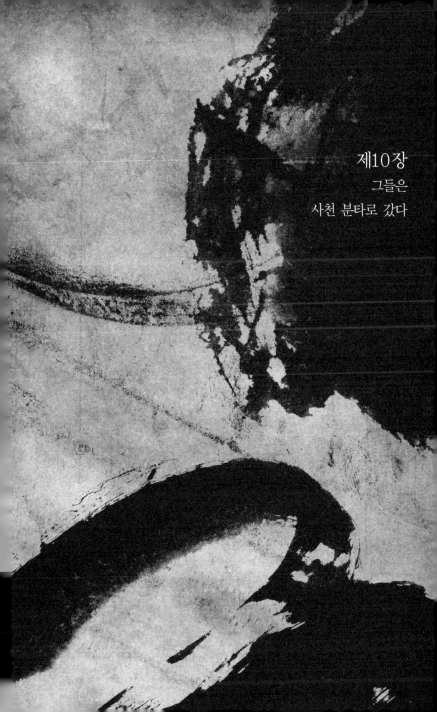

제10장
그들은
사천 분타로 갔다

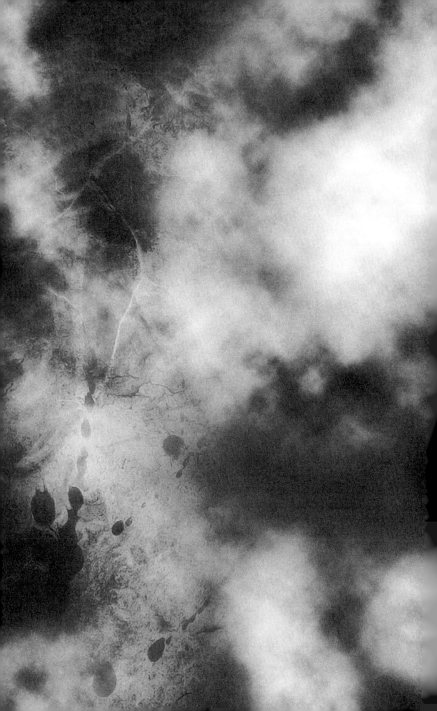

1

천류영과 백운회의 불꽃 튀는 설전이 펼쳐지고 있는 가운데, 멀찍이 뒤에서 지켜보던 야차검 조전후는 고개를 갸웃거리다가 옆의 독고무영에게 물었다.

"가주님. 상황이 조금 이상한데요? 천마검과 천 공자의 대화가 너무 길지 않습니까? 무슨 언쟁이라도 하는 건 아닌지."

독고무영은 손바닥에서 자꾸 솟아나는 땀을 바지춤에 문지르다가 어이없다는 표정으로 대꾸했다.

"곧 칼로 싸울 것인데 무슨 말다툼이 필요하겠나?"

"그러니까 이상한 거 아닙니까? 그냥 인질 교환하고 돌아와서 싸우면 되는데 무슨 대화를 저렇게 계속 나누는 걸까요? 설마하니 정말로 천 공자가 자기 목숨을 담보로 우리를 구하려는 것은 아니겠지요?"

조전후의 우려 섞인 말에 정파인들이 너나 할 것 없이 모두 이를 악물었다.

독고무영도 입술을 꾹 깨물었다가 고개를 저었다.

"아니야, 아닐 것이야. 설이가 따라가지 않았나? 그렇게 대화가 진행되게 지켜보고만 있지 않을 걸세."

"그렇겠지요?"

조전후는 불안해서 다시 물었다.

자신들을 살리기 위해 천류영이 목숨을 던진다면 이건 무인으로서 더할 나위 없는 치욕이었다.

"그래. 나는 천 공자가 그리 쉽게 목숨을 던질 것으로 생각하지는 않네. 그는 우리보다 오히려 더 강한 사람이야. 하지만…… 걸리는 것이 없지는 않네."

독고무영의 근심 어린 말에 조전후가 미간을 좁혔다.

"그게 무엇입니까?"

"내가 천마검이라면…… 천 공자를 회유할 수도 있을 것이네. 어쩌면 천 공자는 우리를 살리는 조건으로 천마검의 포섭에 응할 수도 있고."

그의 말에 조전후의 눈가가 경련을 일으켰다.

인재 욕심이 유별나다고 소문난 천마검이다.

그렇다면 천류영에게 아주 파격적인 조건을 제시할 수도 있었다.

또한 독고가주의 말처럼 자신들의 목숨을 보존하는 조건까지 내건다면 천류영은 흔쾌히 허락할 가능성이 있었다.

독고무영은 한숨을 삼키고 말했다.

"우리가 지금 할 수 있는 건 그냥 믿는 것뿐이네. 비록 오늘 하루에 불과하지만 우리는 하나였으니까. 함께 목숨을 걸고 싸웠으니까. 우리가 그를 믿는 진심이 전달되었을 것이라고 믿어야지."

조전후가 힘차게 고개를 끄덕였다.

"맞는 말씀입니다. 저는 천 공자를 아직 잘 모르지만, 그리 쉽게 우리를 등질 사람은 아닐 겁니다. 믿어야지요. 저는 그를 믿을 겁니다. 이래 봬도 사람 보는 안목은 있다고 자부하는 겁니다."

하지만 그것도 잠시, 그의 눈동자가 불안하게 흔들렸다.

"그런데 우리가 천 공자에게 해 준 게…… 있기는 있습니까? 뭐가 있어야 믿지요."

"……"

"함께 싸운 진심이라는 말도 따지고 보면 추상적이고,

실제로는 우리가 천 공자를 이용한 것에 불과하지 않습니까?"

독고무영은 결국 쓴웃음을 깨물었다.

그게 자꾸 마음에 걸렸다.

조금 더 일찍 그를 만났더라면. 그래서 그에게 많은 것을 해 줄 수 있는 기회가 있었더라면 하는 아쉬움이 진하게 남았다.

"그러게 말이네."

그의 씁쓸한 말에 조전후는 입술을 질겅질겅 깨물다가 말했다.

"함성이라도 한 번 더 지르지요. 그럼 분명 천 공자도 느낄 겁니다. 우리가 그를 믿는다는 것을."

그리고 그는 악에 받친 듯 함성을 질렀다.

"싸울 것이다! 천 공자와 함께 싸워 이길 것이다!"

"와아아아아!"

정파인들은 다시 고함을 질러 댔다. 조전후의 마음이 자신의 마음이라는 듯이.

잠시 멈춰 있던 바람이 다시 불기 시작했다.

백운회는 미풍에 흔들리는 머리카락을 손으로 쓸어 넘기며 웃었다.

"훗, 후후후. 하하하하. 한판 붙어 보자고?"

반문하는 그의 고개가 잠깐 뒤로 돌았다.

마침내 이백 명의 천랑대가 흑랑대와 합류하고 있었다.

그들은 천랑대답게 전장에 등장했다.

위풍당당(威風堂堂)!

그리 빠르게 달려왔음에도 불구하고 한 치의 흐트러짐 없는 전열.

차아아아앙!

이백 천랑대원들이 동시에 발검 했다.

전원의 신형에서 뭉클뭉클 피어오르는 투지.

동료들이 당한 모욕을 갚아 주겠다는 살기, 그리고 자신들은 천랑대 소속이라는 자부심이 허공을 넘어 전해졌다.

그건 상대편으로 하여금 기가 질리게 만들기에 충분했다.

독고설은 그런 천랑대를 보며 아연해졌다.

싸우지 않아도 본능적으로 느낄 수 있었다.

지금의 자신들로서는 이들을…… 결코 이길 수 없다는 것을.

하지만 그녀는 흔들리는 마음을 다잡았다.

천류영.

무공도 모르는 이 유약한 사람은 당당히 결전을 선포했고, 물러서지 않았다.

천마검의 파격적인 유혹에도 굴하지 않고 맞섰다. 그런데 자신이 흔들릴 수야 없지 않는가!

그녀와 동병상련이었을까?

잠시 잠잠하던 정파인들도 다시 함성을 지르며 전의를 불태웠다.

독고설은 속으로 다행이라고 생각하면서 천류영을 보았다.

모두가 다 이 사람 덕분이었다.

설사 싸우다가 허망하게 몰살당할지라도 볼썽사납게 무너지는 모습은 보여 주지 않을 것이리라.

바로 천류영이 자극하고 일깨운 무인의 자존심이 아직 자신들에겐 남아 있었다.

독고설은 그것이면 충분하다고 생각했다.

천류영은 전면의 천랑대를 보고, 뒤에서 이는 정파인들의 함성을 들으며 백운회에게 말했다.

"과연 천랑대군요. 멋집니다. 하지만…… 우리 쪽도 전혀 주눅 들지 않았습니다."

백운회는 조소를 흘리며 대꾸했다.

"그래. 그 점만은 대단하다고 인정해 주지. 하지만! 그렇다고 결과가 바뀌지는 않는다. 천류영, 가서 우리의 칼을 막아 보아라. 흑랑대에게 썼던 속임수 배수진을 쓰든,

학익진을 펼치든, 아니면 또 무슨 기상천외한 방법을 쓰든, 네 마음대로 해 봐라. 그 어떤 것이라도 무력감만 느끼게 될 것이니."

그가 찬바람을 일으키며 돌아섰다.

이젠 목숨을 건 마지막 결전만 남은 것이다.

독고설은 한차례 심호흡을 하고는 얼른 능운비 단주를 안아 들었다.

약간의 내상을 입은데다가 체력마저 떨어진 그녀가 들기엔 무거운 능운비다. 하지만 그녀는 자신이 그를 들어야 한다고 생각했다.

천류영.

이 사람을 위해서라면 무엇이라도 해 주고 싶은 마음 때문이었다.

모든 것을 가질 수 있었으나, 다 버리고 자신 편에 남은 그를 위해서 아주 작은 도움이라도 되고 싶은 심정의 발로였다.

"천 공자. 어서 가시죠."

천류영이 뒤통수를 긁적거리며 웃었다.

"거참. 공자란 호칭은 정말 아니라니까요."

그의 표정이 어찌나 해맑고 순진해 보이는지 독고설은 자신이 지금 처한 상황도 잊고 웃을 뻔했다.

순간 그녀의 심장이 움직였다.

두근. 두근두근.

멋쩍다는 표정으로 웃는 천류영.

이상했다.

분명 어제 처음 보았을 때도 그리고 얼마 전까지만 해도 평범한 인상이었다.

그런데…… 가만히 보니 참으로 잘생긴 얼굴이었다.

지나치게 잘생겨 부담감을 주지 않는 것이 오히려 더 좋은, 참으로 호감 가는 얼굴이었다. 더구나 이렇게 맑게 웃으면…….

두근, 두근두근.

독고설은 스스로에게 당황했다.

자신의 삶에서 마지막이 될지도 모르는 싸움을 앞둔 이 비장한 상황에서 지금 이 뜬금없는 감정은 뭐란 말인가?

'미쳤어. 내가 미치지 않고서야……. 그래, 죽음이 코앞에 다가오니까 미친 거야.'

그녀는 천류영의 시선을 외면하며 말했다.

"고, 공자가 아니면 뭐라고 불러요? 뭐, 일단 알았어요. 그러니까 어서 돌아가요. 가서 싸울 준비를……."

천류영은 갑자기 정색을 하며 손을 들어 그녀의 말을 제지했다.

그리고 천천히 걸어가는 백운회의 등을 보며 빙그레 웃었다.

"걸음이 너무 느리지 않습니까?"

백운회의 굵은 검미가 꿈틀거렸다.

그는 멈춰서 슬쩍 고개를 돌려 천류영을 보았다. 그러나 아무런 말도 하지 않고 묵묵히 바라보기만 했다.

천류영의 미소가 짙어졌다.

"제가 지금이라도 마음을 바꾸기를 원하시는 겁니까?"

백운회의 입가에 흐릿한 미소가 맺혔다.

"글쎄. 나야 그런다면 좋겠는데……. 자네는 그럴 생각이 전혀 없는 것 같군."

"그러면 제 말을 무시하면 될 터인데 왜 멈추셨습니까?"

둘 사이에 묘한 분위기가 흘렀다.

천류영은 어깨를 으쓱하고는 듣기 좋은 목소리로 말했다.

"저에게 듣고 싶은 말이 남았기 때문이겠지요. 아니, 꼭 확인하고 싶은 것이 있어서겠지요."

백운회의 눈에 이채가 스쳤다.

그는 천천히 돌아서 천류영을 다시 정면으로 보았다.

"무슨 뜻이지? 내가 너에게 확인하고 싶은 것이 있다니?"

"천마검 형님. 실수하셨습니다. 저를 인정하면서도 너무 만만하게 보시는 거 아닙니까?"

백운회의 흔들리는 눈동자.

거침없이 이어지는 천류영의 말.

"사실 천마검 형님의 지금 속내는 뭔가 찜찜하고 매우 초조하실 겁니다. 그렇지요?"

"내가…… 초조하다?"

"혹시 하는 의문이 머릿속을 채우고 있지 않습니까?"

백운회는 대꾸하지 않았다. 그저 천류영을 물끄러미 지켜만 보았다.

그러자 천류영은 옆에서 영문을 몰라 당황하고 있는 독고설을 향해 질문을 던졌다.

"독고 소저. 아까 제가 한 말 기억합니까?"

"예?"

독고설은 동그란 눈동자를 또르륵 굴렸다.

천류영이 자신에게 무슨 말을 했던가? 많은 말을 했었다. 그런데 지금 요구하는 건 어떤 말일까?

그녀의 뇌리로 이곳에 오기 직전에 했던 천류영의 언급이 스쳤다.

"혹시? 천마검이 와서 다행이라고 말한 거요?"

천류영이 엄지를 치켜 올렸다.

"그렇지요. 그리고 또 하나 있잖습니까?"

"천마검이 문무를 겸비한 장수라는 거?"

천류영이 아쉽다는 표정으로 고개를 저었다.

"그건 천마검 형님이 온다는 것에 다 포함되어 있는 겁니다. 방금 한 말 다음에 제가 뭐라고 했지요?"

독고설의 미간에 엷은 주름이 잡혔다.

"혹시 천랑대가 많이 와서 다행이라는……."

"예, 그겁니다."

천류영이 내렸던 엄지를 다시 들고 흔들었다.

독고설은 황당해졌다.

그러나 그녀는 천마검의 얼굴을 보고 자신도 모르게 침을 꼴깍 삼켰다.

천마검 백운회.

그가 이를 꽉 물고 있었다.

턱의 선들이 바위의 균열처럼 일어나 꿈틀거렸다.

뭐지?

대체 왜 백운회가 저렇게 심각한 표정을 짓는 거지?

천류영은 딱딱하게 굳은 백운회를 보며 말했다.

"돌아가십시오."

백운회는 신음을 삼키고 천류영을 뚫어지게 보았다.

"천류영……."

"천마검 형님이야말로 모든 것을 다 잃고 싶으신 것이 아니라면…… 돌아가십시오."

"너……."

독고설은 둘의 대화에 머리가 멍해졌다.

당최 지금 무슨 일이 벌어지고 있는 것인가?

자신의 눈이 잘못되지 않았다면, 이곳에서 가장 약한 천류영이 가장 강한 고수 천마검을 몰아붙이고 있었다.

천류영은 백운회의 타 버릴 듯 뜨거운 눈을 마주 보면서 힘주어 말했다.

"전격적으로 정파 무림에 합류한, 천하의 모든 방파들이 가장 상대하기 꺼려 한다는, 독과 암기의 대명사이며 사천 무림의 제일 세가! 당문세가를 잊지 않으셨겠지요?"

독고설의 눈이 휘둥그레졌다.

맞다! 당문세가가 아직 있었다!

그럼 열심히 싸우며 버틴다면 실낱같은 희망이 있을 수도 있다.

백운회는 입술을 꾹 깨물었다.

그럼에도 그의 입가는 희미한 경련을 일으켰다.

찰나의 정적.

그러나 백운회는 곧바로 자신감에 찬 어조로 말했다.

"나는 그들이 당도하기 전에 너희들을 충분히 몰살시킬 수 있다."

천류영이 살짝 눈살을 찌푸리며 고개를 저었다.

"천마검 형님. 형님답지 않으십니다. 이미 제 말에서 짐작하고 계실 텐데요? 아니면 끝까지 저를 시험하시는 겁니까?"

"……."

"당문세가는 우리를 구하러 오지 않습니다."

"……!"

백운회의 눈동자뿐만 아니라 독고설의 눈도 흔들렸다.

그러나 둘이 놀란 이유는 전혀 달랐다.

독고설은 당문세가가 언급되면서 혹시 하는 희망을 품었다가 실망한 것이다.

그러나 백운회는 반대로 당문세가가 오지 않는다는 점때문에 충격을 받았다.

천류영은 눈에 띄게 일그러지기 시작하는 백운회를 직시하면서 말을 이었다.

"왜냐하면 당문세가에 전서구를 보내려는 독고가주님께 부탁을 했거든요. 그래서 그들은 지금 사천 분타로 향하고 있을 테니까요."

백운회의 눈빛이 이루 말할 수 없을 정도로 차가워졌다.

그리고 독고설도 전혀 생각지도 못했던 천류영의 말에 얼음이 되었다.

당문세가.

그들이 사천 분타로 가고 있다고?

천류영은 특유의 중저음으로 말을 이었다.

"천마검 형님, 실수하셨습니다. 직접 오신 것도 그렇고,

너무 많은 수하를 이끌고 오셨어요. 지금 사천 분타에 남은 인원으로는, 아무리 사천 분타가 철옹성의 요새라고는 하나 당문세가를 막을 수 없습니다."

"……."

"지금부터 쉬지 않고 달려간다면, 그래서 먼저 도착한다면 별문제는 없겠지요."

백운회는 아무런 대꾸도 하지 않았다.

그저 뚫어지게 천류영을 바라만 보았다.

"돌아가십시오. 설마하니 우리를 단숨에 끝장내고 가도 된다는 안이한 생각을 하는 건 아니겠지요?"

천류영은 잠깐 말을 끊고 고개를 돌려 정파인들을 손으로 가리켰다.

"보십시오. 만약 우리 쪽이 두려움에 사로잡혀 있다면 그럴 수도 있겠지요. 그러나 우리는 지금 사생결단의 의지로 싸울 준비를 하고 있습니다. 싸우면 천마검 형님이 이길 것이나, 무력하게 무너지지는 않을 거라는 말입니다. 결코 짧은 시간 내에 우리를 굴복시킬 수 없단 뜻이지요. 또한 천마검 형님은 지금 최대한 전력을 보존하여 돌아가는 것이 좋지 않겠습니까?"

마침내 백운회의 입술이 떨어졌다.

긴 한숨과 함께.

"후우우. 그래서 지지 않는다는 말을 한 것이군. 그래,

네가 그 말을 하는 순간부터 나는 이런 불길한 상황이 생길지도 모른다고 직감했지."

백운회.

그의 잇새로 탄식이 흘러나왔다.

천류영의 말대로 자신의 오판이고 실수였다.

하지만…… 그럴 수밖에 없었다.

그만큼 천류영은 백운회에게 너무 강렬한 인상을 주었고, 호락호락한 상대가 아니었기에 최선을 다해 준비할 수밖에 없었다.

다시 과거로 돌아간다고 해도 그런 결정을 내릴 수밖에 없으리라.

"천류영……."

백운회는 천류영을 보며 입술을 깨물었다.

이 평범한 남자는 처음부터 끝까지 단 한 번의 실수도 없이 완벽했다.

자신이 파견한 간자를 파악하는 것부터 시작해서, 단지 서른 명만으로 시간을 지연시키는 데 성공했다.

또한 마교의 고수들이 이끄는 육백 정예와 흑랑대마저 농락했다.

그리고…… 이제는 자신까지.

더 나아가 사천 분타까지 위험해진 상황이었다.

기가 막혔다.

얼마 전까지만 해도 완벽했던 승리가 이제는 상처뿐인 영광으로 전락하고 있었다.

저 사내, 단 한 명으로 인하여.

백운회의 눈에 희미하지만 살기가 흐르기 시작했다.

2

백운회만큼은 아닐지라도 옆에서 듣고 있던 독고설도 엄청난 충격에 휩싸였다.

어찌나 놀랐는지 숨이 턱하니 막힐 지경이었다.

대체 이 사람은 몇 수 앞을 내다본 것인가?

독고설은 앞에서 분노를 삭이고 있는 천마검보다 옆에 있는 유약한 천류영이 더 무섭다는 생각이 들었다.

그녀는 그제야 왜 흑랑대주가 무적검 한 대협이 아니라 천류영을 노렸는지 절감했다.

자신들도 천류영이 귀한 인재라는 것을 인식하고는 있었지만, 무적검보다 앞에 놓을 정도는 아니었다.

그러나 흑랑대주는 싸우면서 뼈저리게 느끼고 있었던 것이다.

천류영이 적일 때, 얼마나 두려운 상대인지.

그리고 독고설도 지금에서야 확실하게 알았다.

지금 그녀가 천류영에게 느끼는 감정은 경외(敬畏)였다.

백운회의 표정은 끝없이 변했다.

그러더니 안고 있던 흑랑대주를 천천히 땅에 내려놓았다.

순간 독고설의 얼굴이 굳었다.

백운회의 전신에서 희미하지만 오늘 진저리칠 정도로 많이 느낀 익숙한 기운이 흘러나오고 있었다.

'살기다!'

독고설은 백운회의 마음을 간파했다.

저자는 지금 천류영을 죽이려 하고 있었다.

하긴 자신이 천마검의 입장이라도 똑같은 마음을 먹었을 것이다.

독고설도 안았던 능운비를 다시 내려놓았다. 그리고 천류영의 앞으로 발을 내디뎠다.

그녀는 천마검을 직시하면서 천류영에게 속삭이듯 말했다.

"현무단주님을 모시고 먼저 돌아가세요. 지금 당장."

그녀의 음성은 속내야 어떻든 매우 차분했다.

상대는 천마검 백운회.

단 일 초식도 받아 내기 어려울 것이다. 그래도 지금 자신이 할 수 있는 것은 이것이 최선이라고 믿었다.

두려움에 굴복하지 않고 스스로 옳다고 믿는 일을 하는 것.

바로 천류영을 보고 깨달은 것이다.

천류영은 자신의 앞으로 나서는 독고설의 어깨를 잡고는 고개를 저었다.

"괜찮습니다."

"제발 제 말대로 따라 주세요."

독고설의 목소리에 절박함이 담겼다.

그러자 천류영이 아까 보여 주었던 그 맑고 따스한 미소를 보이며 담담하게 말했다.

"함께 돌아가죠."

"부디 제 말을……."

독고설은 말을 잇지 못했다.

천마검이 내려놓았던 흑랑대주를 다시 안아 들고 있었다.

독고설은 자신도 모르게 안도의 한숨을 뱉었다.

방금 전에 흘러나오던 살기가 지금은 씻은 듯 사라져 있었다.

백운회는 천류영을 보며 굳은 얼굴을 풀고 빙그레 웃었다.

"다시 보자."

천류영은 순간 아무 말도 못했다.

이번엔 그의 얼굴이 굳으며 목울대가 꿀렁거렸다. 그러나 이내 그는 뒤통수를 긁적거리며 화답했다.

"싫은데요."

"……."

"천마검 형님을 다시 전장에서 본다면…… 그땐 정말 죽을 것 같아서 무섭거든요."

말이 끝나는 동시에 천류영은 진짜 무섭다는 표정을 짓고 진저리까지 쳤다.

그 모습에 백운회는 웃음을 터트렸다.

"훗. 하하하!"

그는 고개까지 절레절레 저으며 웃다가 다시 정색했다.

"나 역시 자네를 전장에서 만날까 두렵군. 솔직한 마음이야. 내 평생 누군가를 두려워하는 마음이 들 줄이야."

"과찬입니다."

"아니, 진심이다. 천류영. 오늘 너는 단 한 가지의 사소한 실수 외엔 완벽했어."

"……?"

"내 눈을 속이고 시간을 벌려고 한, 사천 분타로 보낸 독고세가의 서른 명."

백운회의 말에 독고설의 눈동자가 흔들렸다.

그리고 천류영 역시 탄식했다.

"아! 그들은…… 모두 죽었습니까?"

"코앞에서 그리 내 욕을 주구장창 퍼부어 대는데 참을 수 없지 않겠나? 무사는 모욕을 참지 않는 법이라네."

"그랬군요……."

천류영의 안색이 어두워졌고, 독고설은 입술을 잘근잘근 깨물었다.

특히나 독고설은 총관인 황하성이 죽었다는 것에 비통함을 느꼈다.

자신을 어렸을 때부터 꽤나 아껴 주신 분이었다.

하지만 지금 슬픔에 잠겨 있을 수는 없었다.

그건 사치였다. 그분 말고도 너무 많은 사람들이 죽어 갔다.

독고설은 깊은 한숨을 내쉬는 천류영을 보며 말했다.

"천 공자 잘못이 아니에요. 가자마자 곧바로 돌아오라는 명을 어긴 그분들의 실수니까 너무 자책하지 말아요."

"아닙니다. 제 실수예요. 더 신신당부했어야 했는데."

둘의 대화를 들은 백운회는 입술을 깨물었다.

결국 천류영은 사소한 실수도 하지 않았던 것이다.

백운회는 이제 돌아가야 한다는 것을 알면서도 쉬이 발걸음이 떼어지지 않았다.

"천류영, 앞으로…… 무림에 남을 건가?"

"그럴 수밖에 없다는 거 아시지 않습니까? 형님이 저를 봐준다고 해도 마교와 흑천련의 수뇌부는 저를 척살 대상에 올리겠지요."

"그래, 그렇겠지. 네가 무림에 남기로 결심한 이상, 곧 너와 다시 대면하겠군."

"……."

"그 순간을 기대하마. 그때는 결코 이리 맥없이 물러나는 일은 없을 것이다. 이제 나는 너의 존재를 알았으니까."

"다시 말하지만, 저는 가능한 천마검 형님이 있는 전장이라면 피할 겁니다."

"홋. 패장에게 주는 승자의 덕담인가?"

천류영이 고개를 저으며 말했다.

"사천 분타를 얻으셨으니 승자는 형님이시죠."

백운회가 쓴웃음을 머금고 대꾸했다.

"내가 승자라……. 상처만 남은 이따위 승리를 바란 적은 없다."

"마도의 영웅인 천마검 형님과 대화를 계속하는 것은 저에게 더할 나위 없는 영광이지만, 시간이 없습니다. 돌아가시지요."

"하하하. 고양이가 쥐 생각해 주는 것 같군."

백운회는 입맛을 다시며 돌아섰다.

그리고 몇 걸음 내딛다가 고개를 돌려 천류영을 보며 말했다.

"내 제안은…… 계속 유효하다."

"예?"

"언제라도 네가 나에게 온다면…… 나는 쌍수를 들고 환영할 것이란 말이다. 설사 본 교의 교주께서 반대하더라도 널 지켜 줄 것이다. 이건 내 이름과 명예를 건 약속이다."

천류영은 놀란 표정을 얼굴에 가감 없이 드러냈다.

그리고 이내 희미한 미소를 짓고는 정중하게 허리를 숙였다.

"고맙습니다. 형님의 그 호의 잊지 않겠습니다."

백운회는 아쉬운 표정으로 천류영을 보다가 다시 앞으로 걸었다.

여기까지 달려와 그냥 돌아가야 하는 허탈함이 그의 가슴을 채웠다.

"이상하군."

백운회는 걸어가면서 고개를 갸웃거렸다.

천류영.

처음 보는 인물이다.

그런데 어딘지 모르게 낯이 익다는 느낌이 처음 볼 때부터 들었다.

"만난 적이 있나?"

그가 혼잣말을 하며 수하들에게 가까이 다가서자 몽추와 파륵이 앞으로 달려 나왔다.

백운회는 흑랑대주를 그들에게 넘겨주고 공격령을 기다리는 천랑대를 보았다.

그들의 타오르는 전의를 보면서 백운회는 다시 한 번 한숨을 삼켜야 했다.

"돌아간다."

백운회의 말에 진격의 준비를 마친 천랑대뿐만 아니라 흑랑대마저도 눈을 치켜떴다.

파륵이 울분을 참지 못하고 외쳤다.

"천랑대주님. 우리 대주님을 구해 주신 것은 감사합니다. 그러나 여기서 돌아가다니요? 죽어 간 동료들의 복수를 해야 합니다!"

천랑대는 침묵을 지켰다.

그들도 천마검의 지시가 곤혹스럽기는 마찬가지였다. 그러나 자신들이 목숨처럼 믿고 따르는 수장이었다.

모두의 의아한 시선이 몰리는 가운데 백운회가 말했다.

"사천 분타가 위험하다."

"……!"

그 한마디에 모든 것이 정리되었다.

천랑대는 아쉬운 기색으로 그리고 흑랑대는 분루를 삼키며 정파인들을 쏘아보았다.

그러나 결국 힘없이 고개를 떨구고는 돌아섰다.

독고설은 천마검이 모든 것을 포기하고 돌아가는 중에도 방심하지 않고 그를 주시했다. 지금이라도 그가 돌아와 천류영의 목숨을 위협할 것만 같았던 것이다.

그녀의 긴장한 기색을 본 천류영이 입을 열었다.

"싸움은 끝났습니다."

"알아요. 하지만 천마검은 당신을 원해요. 지금이라도 돌아와 생포할 수도 있고, 죽일 수도 있어요."

"그렇게 하고 싶은 마음이 굴뚝같더라도 못할 겁니다."

"예?"

"나를 건드리면 독고 소저가 가만히 있겠습니까?"

독고설의 입가에 잔잔하면서도 흐뭇한 미소가 피어올랐다.

"나를 믿어 주는군요. 고마워요. 하지만 천마검은 강해요."

"독고 소저뿐만 아니라 뒤에 계신 분들도 당장 몰려와 싸움이 시작될 겁니다."

천류영의 말에 독고설이 눈동자를 굴리다가 긴장을 풀며 소리 없이 웃었다.

"그렇군요. 당신을 건드리면 싸움을 피할 수 없고, 한시라도 빨리 돌아가야 할 천마검은 진퇴양난(進退兩難)에 빠지게 되는군요. 그걸 천마검은 정확히 인식하고 있었고 말이죠."

천류영은 진지한 얼굴로 대꾸했다.

"그렇지요. 천마검은 지금 우리가 뒤쫓지 않을까 걱정을 할 처지입니다. 순간의 분기를 참지 못하고 우리와 싸우다가 사천 분타를 잃게 되면, 마교의 소교주가 이끌고 오는 이들은 졸지에 길바닥에 나앉게 되는 것이죠."

"……."

"지켜 줄 보루(堡壘)가 없는 이곳에서 당문세가를 포함해, 점창파나 청성파 같은 사천 무림의 대방파들이 그들을 노린다면 어찌 되겠습니까? 최악의 상황을 피할 수 없지요. 천마검은 비록 상처뿐인 영광이라고 해도 결코 사천 분타를 포기할 수 없습니다."

"……."

"그는 패왕의 별을 꿈꾸는 영웅입니다. 문무를 겸비한 장수. 결코 작은 공을 탐하려고 큰 것을 잃는 우둔한 짓을 할 사람이 아니지요. 그랬다가는 지금껏 이룬, 흑도 무림에서의 그의 명성도 모두 잃게 될 테니까요."

독고설은 그제야 천류영이 천마검 앞에서도 전혀 주눅 들지 않고 당당했던 이유를 알았다.

문득 얄밉다는 생각이 들었다.

자신은 얼마나 초조하고 두려웠었는데…….

그녀는 능운비를 다시 안아 들며 퉁한 목소리로 말했다.

"정말 잘났어요."

"예?"

천류영이 당황하자 독고설은 속으로 웃었다.

그러나 여전히 싸늘한 얼굴로 말했다.

"욕이 아니라 칭찬이니까 그렇게 놀라지 말아요. 정말 잘났다고요. 정말. 어휴우…… . 진짜 잘났어."

천류영이 고개를 갸웃거리며 물었다.

"어? 욕 같은데요? 저는 다만 상황을 설명한 것뿐입니다."

"칭찬이라니까요."

독고설은 돌아섰다.

그리고 자신들을 기다리고 있는 정파인들을 향해 가볍게 걸었다.

갑자기 차갑게 말하고 돌아선 독고설을 보며 어리둥절해진 천류영. 그는 독고설의 입가에 맺힌 진한 미소를 보지 못했다.

독고무영을 비롯한 정파인들은 자신의 눈을 믿을 수가 없었다.

압도적인 무위를 자랑하며 등장한 천마검.

그리고 마교 최강의 부대라고 불리는 천랑대.

그들이 물러나고 있었다.

처음엔 설마 하며 말없이 지켜보았다.

그러나 그들은 정말로 일사불란한 모습으로 퇴군했다.

조전후가 자신의 눈을 비비다가 말했다.

"가, 가주님. 지금…… 저들이 물러나는 게 맞지요?"

독고무영은 얼이 나간 표정으로, 대답도 못하고 멍하니 앞만 보았다. 그렇게 정파인들 모두가 눈을 연신 비비며 앞을 뚫어지게 보았다.

어떤 이들은 이게 꿈이냐고 중얼거리며 자신의 볼이나 허벅지를 꼬집어 보기도 했다.

조전후가 입술을 바르르 떨다가 다시 말했다.

"가주님. 저들이 물러나는 거 맞습니다. 꼬랑지를 말고 도망가고 있는 거라고요!"

"……."

"하하하! 으하하하! 천 공자가 천마검을 쫓아 버린 겁니다. 그러지 않고서야 저들이 물러날 까닭이 없지 않습니까? 우리는…… 이긴 겁니다! 승리했다고요!"

조전후는 감격에 겨워 제 덩치와 어울리지 않게 팔짝팔짝 뛰며 흥분했다.

그러나 정파인들은 의당 따라붙어야 할 환호성을 지르지 않았다.

너무나 비현실적인 탓이었다.

아무리 천류영이라고 해도 어떻게 말만으로 천마검을

쫓아낼 수 있단 말인가?

그런데 돌아오는 천류영과 독고설의 표정이 눈에 들어왔다.

천류영은 뒤통수를 긁적거리며 독고설에게 뭔가 말을 건네고 있었고, 독고설은 웃는 표정이었다.

둘에게서는 어떤 긴장감도 없어 보였다.

그 순간 독고무영이 '아!' 하는 탄성을 뱉었다.

그리고는 자신의 이마를 손으로 짚으며 웃음을 터트렸다.

"허허허. 허허허허! 그렇구나, 그랬어!"

모두의 이목이 혼자 실성한 듯 웃는 독고무영에게 쏠렸다.

조전후가 천류영에게 뛰어가려다가 멈추고 물었다.

"가주님. 뭔가 아시는 겁니까?"

독고무영이 고개를 주억거렸다.

"당문세가네. 너무 긴박한 싸움이 계속 진행돼서 그들을 깜빡 잊고 있었어. 허허. 정말 대단하군. 정말이지. 하아아…… 천 공자는 싸움이 이런 식으로 진행될 수도 있음을 이미 예상하고 있었던 것이야."

조전후가 고개를 갸웃거렸다.

"예? 당문세가가 곧바로 우리에게 온다고 하더라도 시간이……."

독고무영이 고개를 저으며 환한 낯빛으로 말했다.

"여기까지 오려면 그렇겠지만 성도 위쪽에 자리한 당문세가에서 사천 분타까지는 그리 오랜 시간이 걸리지 않잖나. 천 공자는 나에게 당문세가는 사천 분타로 이동시키라고 부탁했었네."

조전후의 눈이 휘둥그레졌다.

"당문세가를 사천 분타로요?"

"그렇다네. 그때 나는 이미 점령당한 그곳을 당문만으로는 탈환이 어려울 것이라고 말했지. 하지만 천 공자는 어차피 우리를 따라온다고 해도 시간이 맞지 않을 것이니 자신의 말대로 해 달라고 거듭 부탁했었네."

"......!"

"나는 어차피 오늘 싸움에서 당문세가가 합류할 일은 없다고 생각했기에 그의 말을 따랐지. 그래서 당문을 까맣게 잊고 있었군."

독고무영은 평소의 그답지 않게 흥분해서는 언성을 높이며 말을 이었다.

"즉, 천마검은 우리와 싸운다면 자칫 사천 분타를 잃을 수도 있다는 두려움을 느꼈을 것이네. 지금 천 공자는 필시 그것을 가서 말하고 오는 것이야."

"아!"

조전후는 탄성과 함께 다시 전면으로 고개를 돌렸다.

그뿐만 아니라 모두의 시선이 앞에서 걸어오는 천류영에게 고정됐다.

조전후가 몸을 한차례 부르르 떨고는 말했다.

"무슨 이런 괴물 같은 인간이 있나? 어찌 사람이. 어휴 우우우……. 천 공자는 이런 상황이 닥칠 경우를 대비해서 당문을 사천 분타로 보냈다는 말이 아닙니까? 그게 사람입니까?"

모두가 그의 말에 동감했다. 그리고 마침내 참고 참았던 환호성을 질렀다.

"와아아아아!"

천마검과 천랑대가 등장하면서 살 희망을 버렸다.

대신 무사답게 죽기를 각오했다.

하지만…… 산다는 것은 좋은 것이다.

죽는 것보다야 수천, 수만 배 더 좋은 것이다.

어떤 이들은 감격에 겨워 눈물을 흘렸다. 그러면서도 칼을 허공에 대고 흔들면서 고함을 질러 댔다.

그리고 천류영과 독고설이 그들의 앞에 당도했다.

제11장
독고궁의 풍운(風雲)

1

하늘 끝까지 치솟던, 허공을 뒤흔들던 함성이 서서히
가라앉았다.

독고설은 모든 이들의 시선이 천류영과 자신에게 몰리
는 것을 보며 싱긋 웃었다.

"아버지 목소리가 어찌나 흥분되고 우렁찬지, 저도 오
면서 들었는데요. 흠흠, 보시다시피 천 공자가 아버지의
말씀처럼 저들을 물러나게 했습니다."

그녀는 하고 싶은 말이 참으로 많았다.

천류영과 천마검의 설전은 대단했고, 그 안에는 거부하기

힘든 유혹도 있었다. 하지만 모든 걸 마다하고 자신들과 함께한 천류영을 자랑하고 싶은 마음이 굴뚝같았다.

그러나…… 지금은 이 한마디로 충분했다. 그리고 이 자리의 주인공은 자신이 아니라는 것을 그녀는 잘 알고 있었다.

독고설은 자연스럽게 옆으로 물러나 천류영에게 자리를 내주었다.

모두가 상기된 얼굴로 천류영을 보았다.

마치 폭발할 것만 같은 환희가 그들의 눈과 얼굴에 녹아 있었다. 그러면서 천류영이 뭔가 자신들에게 한마디 해 주기를 바랐다.

우리가 이겼다!

그 말이 천류영에게서 나오기를 기다렸다.

그렇게 정파인들 모두는 암묵적으로 천류영을 이곳의 최고 지휘관으로 받아들이고 있었다.

독고무영조차 천류영의 입술만 보았다.

조전후는 천류영이 무슨 말을 외치면 바로 달려 나가서 그를 헹가래도 칠 심산이었다.

천류영은 그들의 시선을 받으며 우물쭈물했다.

보다 못한 독고설이 소리 죽여 천류영에게 말했다.

"뭐해요? 지금 모두가 당신의 한마디를 기다리고 있잖아요."

천류영은 그 정도 눈치는 자신도 있다는 듯이 고개를 끄덕였다. 그리고 어깨를 으쓱하고는 뒤통수를 긁적거리며 입술을 뗐다.

"잘 다녀왔습니다."

"……."

모든 이들이 당황했다.

그러나 천류영을 곤혹스럽게 만들고 싶지 않았기에 이어질 말을 기다렸다.

승리했다는 선포를.

묘한 정적이 흘렀다.

결국 독고설이 다시 아미를 찌푸리며 나섰다. 그녀는 속삭이듯 외쳤다.

"그게 끝이에요? 지금 모두가 결과를 말해 주길 기다리고 있는 것이 안 보여요?"

"아, 그렇지."

천류영이 남세스럽고 겸연쩍다는 듯이 웃었다.

그 모습에 독고설은 어이가 없었다. 과연 이 사람이 오늘 하루 종일 자신을 계속 탄복하게 만든 사람이 맞는지 의심이 들 지경이었다.

천류영이 다시 정파인들을 훑으며 힘주어 말했다.

"운이 좋았습니다."

"……."

또다시 침묵.

독고설은 기가 막혀 결국 '하아!' 하는 탄식을 뱉고 말았다.

독고무영을 비롯한 수뇌부들도 당혹감에 주먹으로 입을 가리고는 '흠흠' 거리며 헛기침을 해 댔다.

대부분의 정파인들도 고개를 숙이고 입술을 꽉 깨물었다.

천류영.

방금 전까지 과연 사람이 맞을까라고 의심했던 이 인물이 이제는 다시 사람처럼 보였다.

만약 여기서 천류영이 멋지게 주먹을 위로 올리면서 '우리가 해냈습니다! 우리가 승리했습니다!' 라고 힘차게 외친다면…… 그야말로 완벽한 영웅상의 마무리가 되는 것이다.

그러나 천류영은 영 이런 자리가 어색하다는 표정이었다.

모두가 웃음을 억지로 목구멍 속으로 꾸역꾸역 밀어 넣었다. 천류영이 민망하지 않도록.

또한 마음속에 다른 생각이 들었다.

뭔가…… 이런 영웅도 좋지 않을까? 라는.

그러면서도 혹시 무슨 말을 더 하지 않을까라는 기대감을 버리지 않고 다시 그를 주시했다.

그러나 천류영은 할 말을 다했다는 표정으로 고개를 이리저리 돌렸다.

분명 뭔가를? 아니, 누군가를 찾는 얼굴이었다.

조전후는 혹시 자신을 찾나, 하는 기대감에 슬쩍 한 발을 앞으로 내딛었다.

어쨌거나 가장 먼저 인연이 닿은 사람은 독고설과 자신이 아니던가!

천류영과 자신은 하루 먼저 안 사람이란 말이다!

당당하게 어깨를 펴고 가슴을 내민 조전후는 이윽고 천류영과 시선이 마주쳤다.

그러나…… 천류영의 눈은 조전후를 보고도 그냥 지나갔다. 순간 조전후의 얼굴에 물드는 짙은 아쉬움.

천류영의 눈이 한곳에서 멈췄다. 그러자 모든 이들의 고개가 그곳으로 향했다.

스물쯤 되었을까?

한 청년이 당황하며 자신을 뚫어지게 보는 천류영을 마주 보았다.

천류영은 그 청년을 향해 앞으로 걸었다.

그러자 자연스럽게 정파인들이 물러나며 길을 틔어 주었다.

그리고 천류영은 아직 앳된 모습을 간직하고 있는 청년 앞에서 멈춰 서 물었다.

"당신은…… 누구죠?"

청년의 눈동자가 흔들리며 이맛살이 와락 구겨졌다.

정파인 모두가 '혹시 또 간자가 아닐까?' 라는 표정으로 천류영이 지목한 청년을 주목했다.

성정 급한 조전후가 부리나케 나섰다.

"뭔가? 이 자식도 간자야?"

지금 천류영이 누군가를 가리켜 '이 사람은 간자입니다.' 라고 말하면 이유도 묻지 않고 믿을 판이었다.

적어도 여기에 있는 사람들은 말이다.

조전후의 질문에 천류영은 당황하며 반문했다.

"독고세가의 사람 아닙니까?"

그의 말대로 약관으로 보이는 청년은 독고세가의 무복을 입고 있었다.

조전후가 의심의 눈초리로 청년을 보며 고개를 저었다.

"몰라. 난 이 녀석 본 적이 없어."

그의 말이 끝나자마자 독고무영이 입을 열었다.

"독고궁 사람이네. 석 달 전쯤에 들어왔지."

독고궁(獨孤宮).

독고세가의 옆에 있는 몇 개의 전각군(殿閣群)을 가리키는 말이다.

세도가나 대방파 같은 곳은 많은 손님들이 방문하기 마련이다.

그들 중에는 아예 얹혀서 사는 사람들이 나오기 마련인데, 그들을 문객(門客) 또는 식객(食客)이라고 한다.

물론 아무리 부유한 곳이라고 해도 식객을 두지 않는 곳이 대부분이다.

어쨌든 간에 식객을 받아들인다는 것은 재정적으로 적지 않은 돈이 빠져나갈 수밖에 없기 때문이다.

하지만 한중 땅의 제일부호인 독고세가는 식객들을 위해 아예 옆에다 전각까지 올리고는 그곳을 독고궁이라 불렀다.

그리고 독고궁의 식객들을 전략적으로 활용했다.

일정 수준 이상의 무공 실력이 있는 야인들에게 의식주를 제공하며 세가의 전력으로 끌어들인 것이다.

독고세가가 위협을 당하거나 출정을 할 경우 도와줄 의무를 부여했고, 이것에 동의한 자만이 독고궁에서 의식주를 해결할 수 있었다.

더 나아가 돈독한 친분이 생긴 고수의 경우에는 아예 세가의 식구로 포섭을 하기도 했다.

예를 들면 바로 야차검 조전후의 경우도 그랬다.

독고궁의 식객이었다가 독고세가의 제자로 들어간 것이다.

기실 독고세가가 식객을 이렇듯이 전략적으로 운영하는 이유는 세가가 위치한 장소 때문이었다.

사천성에서 서북쪽으로 험준한 지형을 지나다 보면 섬서성으로 들어서게 되는데, 그곳이 독고세가가 있는 한중(漢中)이다.

사람이 다닐 수 없을 정도로 높고 험한 산맥이 세 방향에서 가로막고 남은 한쪽으로는 거대한 강이 흘렀다.

그래서 삼국시대 때 조조는 한중을 가리켜 계륵(鷄肋)이라고 부르기도 했다.

대군을 이끌고 가자니 너무나 험악한 지형으로 이동에만 숱한 어려움이 따르는 곳.

하지만 사천 땅과 중원의 북쪽을 연결하는 통로로 전략적 가치가 높은 분지가 바로 한중이다.

안전을 도모하기에는 최상의 위치나 발전하기에는 사방이 꽉 막힌 분지인지라 여러모로 어려웠다.

그래서 독고세가는 사문의 퇴보를 막고 발전을 위해서 식객을 적극적으로 활용하고 있는 것이다.

만약 독고궁이 없었더라면 독고세가는 결코 정파의 팔대세가에 끼지 못했을 것이라는 것이 세인들의 솔직하면서도 객관적인 평가였다.

독고세가의 전력 중 삼 할 가까이를 독고궁에 있는 무사들이 차지하고 있었다.

"석 달 전에 독고궁에 들어온 녀석이라고요?"

조전후가 반문하면서 더 의심 어린 눈으로 청년을 보았다.

독고무영이 고개를 끄덕이면서 말을 받았다.

"그래. 자네처럼 아주 젊은 나이에 독고궁의 심사를 통과했지. 그래서 잘 기억하고 있네. 이름이⋯⋯."

약관 청년이 입을 열었다.

"풍운(風雲)입니다."

"아! 맞다. 그랬지, 풍운. 멋진 이름이라고 칭찬했던 기억이 나는군."

독고무영은 고개를 끄덕이면서 주변에 있는 독고궁 사람들을 훑었다.

그러나 독고궁 사람들은 어깨를 으쓱거리며 풍운에 대해서는 잘 모른다는 표정을 지었다.

풍운은 약간 작은 편이지만, 총기가 어린 눈에 꽤 잘생긴 편에 속하는 청년이었다.

독고무영이 풍운을 직시하며 말했다.

"사람들과 잘 어울리지 않는가 보군."

풍운이 씩 웃으며 대꾸했다.

"가주님도 잘 아시지 않습니까? 궁 사람들은 워낙 괴짜들이 많아서 서로의 일에 간섭하지 않는걸요."

그의 말에 독고무영이 쓴웃음을 깨물었다.

그리고는 천류영을 보며 물었다.

"천 공자, 왜 이 젊은이를 지목한 건가? 혹 무슨 문제라도 있는 건가?"

조전후가 끼어들었다.

"왜겠습니까? 천 공자가 뭔가 의심할 만한 것을 발견한 거지요. 그리고 정황도 이상하지 않습니까? 석 달 전에 독고궁에 잠입했다니. 분명 사천분타에 잠입한 간자와 같은 역할을 천마검에게……."

보다 못한 천류영이 그의 말허리를 끊었다.

"그게 아닙니다."

"거 보십쇼. 천공자도 그게 아니라고……. 음? 아니오?"

조전후가 머쓱한 얼굴로 천류영과 풍운을 번갈아 보았다.

그리고 이내 고개를 끄덕이며 풍운에게 말했다.

"그냥 해 본 말이었다. 마음에 담지 마라."

천류영이 아니라고 하니 토 달지 않고 믿는 조전후였다.

풍운은 찰나 황당한 표정을 지었지만, 이내 수긍하는 낯빛으로 대꾸했다.

"그럴 수도 있지요. 저 역시 왜 천 공자가 저를 지목했는지 그 이유를 알 수 없어 당황했으니까요. 괜찮습니다."

풍운은 반짝반짝 빛나는 눈으로 천류영을 보았다.

"왜 저를 찾으시고 누구냐고 물으신 겁니까? 저는 아무리 생각해도 천 공자님을 본 적이 없는데 말입니다. 혹시 저를 아십니까? 아니면 비슷한 사람을 본 적이 있는 겁니까?"

천류영은 미안한 얼굴로 답했다.

"아니오. 그래서가 아니라……. 혹 내가 알지 못하는 대단한 고수인가 해서 물어본 거예요."

지켜보는 사람들의 눈에 이채가 스쳤다.

특히나 독고설을 포함해서 몇몇 사람들은 천류영이 흑랑대주의 약점을 단숨에 파악해 내는 것을 본 적이 있는지라 더욱 풍운을 주시했다.

풍운의 눈동자가 눈에 확연히 띌 정도로 흔들렸다.

천류영은 그런 풍운을 뚫어지게 바라보며 말을 이었다.

"성도에서 이곳까지 오면서 나는 독고가주님, 한 대협, 그리고 현무단주님에게 고수들에 대한 얘기를 들었습니다. 그런데 들은 사람들 중에 당신은 없었거든요."

풍운은 침을 꼴깍 삼키고 주변의 눈치를 보며 말했다.

"하하하, 갑자기 그게 무슨 말입니까? 저는 그냥 그런 무사입니다."

천류영이 고개를 저으며 말했다.

"아뇨, 당신은 강합니다. 아주 많이요. 그런데 적당히 싸우는 척만 하는 것 같던데……."

"저는 천 공자가 당최 무슨 말씀을 하시는 건지 통 모르겠는데요."

"그럼 단도직입적으로 묻지요. 당신이 흑랑대주를 상대했다면 결과가 어떻게 나왔을까요?"

"……!"

풍운의 안색이 창백해졌다.

지켜보는 이들도 당황하며 눈을 치켜떴다.

무적검 한추광과 흑랑대주의 싸움은 그야말로 용호상박이었다.

하지만 대놓고 말할 수야 없는 노릇이지만 모두가 알고 있었다. 솔직한 평가는 아슬아슬한 차이로 흑랑대주가 우세했다는 것을.

그런데 지금 이 약관의 청년을 흑랑대주와 비교한단 말인가?

주변의 모든 이들이 고개를 흔들었다.

아무리 천류영이라지만, 뭔가 착오가 있는 것이 분명했다. 더구나 천류영은 무공을 익히지 않았다.

조전후가 입맛을 다시며 끼어들었다.

"천 공자, 흠흠. 많은 사람들이 당신을 주목하니 쑥스러워서…… 흠흠. 썰렁한 농담으로 이 자리를 모면하려는 것 같은데 좀 과했소. 이 풍운이라는 친구가 무슨 잘못이라고. 좀 보시오. 얼마나 황당하면 얼굴까지 하얗게 질렸을까?"

그의 말에 대부분이 고개를 끄덕이며 낮은 소리로 웃었다.

독고무영도 엷은 미소로 맞장구를 쳤다.

"아마 여기서 나이로 치면 풍운이 막내일걸세. 이 어린 친구한테 장난이 너무 심한 것 같군."

조전후가 말을 받았다.

"가주님, 어쨌든 막내 풍운의 실력이 천 공자에게는 꽤 인상적이었나 봅니다. 그리고 사실 독고궁에 들어갈 정도면 삼류는 아닐 것이고……. 입궁 심사 때 어땠습니까?"

웃던 사람들이 잠시 입을 다물고 독고무영을 주시했다. 그러자 독고무영은 풍운을 보며 인자한 미소를 지었다.

"완벽했지."

"예?"

"선인지로(仙人之路), 태산압정(泰山壓頂), 팔방풍우(八方風雨) 등 몇 가지 초식을 펼쳤네."

잠깐 긴장했던 사람들이 어깨를 축 늘어뜨리며 다시 쓴웃음을 깨물었다.

방금 나열된 것들은 뒷골목 건달들도 펼칠 수 있는 초식들이었다.

저잣거리에 있는 아무 책방에 들어가도 구할 수 있는 싸구려 무공이었다.

물론 그렇다고 우습게 볼 수 있는 건 아니다.

왜냐하면 여기 있는 많은 이들도 처음 무술에 입문했을

때 배운 기본세니까 말이다.

독고무영은 풍운을 보면서 여전히 미소를 짓고 말을 이었다.

"기초 중의 기초지만 그 동작들이 정말로 완벽해서 반했지. 이 정도로 기초가 탄탄하다면 나중에 상승무공을 익힐 때 큰 도움이 될 것이라고 판단하고 이 녀석을 받아들였네."

조전후가 고개를 끄덕이며 말했다.

"그랬군요. 하하하! 가주님께서 풍운을 제자로 받고 싶어 하시는 거 아닙니까?"

독고무영이 냉큼 그 말을 받았다.

"근골도 훌륭하고 기초도 탄탄하니 녀석만 수락하면 받아들이고 싶은데…… 그럴 생각이 없는 것 같단 말이야. 내가 한 번 제안을 했는데, 더 높은 무공은 어렵고, 수련도 힘들어서 그럴 엄두가 아직 나지 않는다고 했었지."

사람들은 풍운이 아직 어려 세상 물정을 모른다고 속으로 타박했다.

정파 팔대세가 중 하나인 독고가주의 직전 제자가 될 수 있는 길을 차 버리다니.

독고무영은 풍운의 어깨를 부드럽게 툭툭 치고는 말했다.

"마음이 바뀌면 언제든지 나를 찾아오거라. 하지만 배움에는 때가 있는 법이니 너무 늦으면 소용이 없다는 것을 잊지 말고. 네 나이도 지금 많이 늦은 거야."

풍운이 고개를 숙이며 답했다.

"예, 다시 심사숙고해 보겠습니다."

계속 지켜만 보고 있던 천류영은 여전히 풍운의 얼굴에 못이 박혀 있었다.

그 모습에 조전후가 천류영의 어깨를 한 팔로 두르며 말했다.

"이보게. 자네가 보기에 풍운의 모습이 꽤 깔끔했을 거야. 인정해. 왜냐하면 기초에는 군더더기가 없는 법이니까."

천류영이 고개를 끄덕였다.

"그렇군요. 생각해 보니 그래서 꽤 멋있게 보였나 봅니다."

"그래, 그런 거라고. 그러니 이런 장난은 그만두고 우리 모두가 기다리고 있는 멋진 말 한마디 해 보게. 우리가 이겼다! 라고 말이지."

천류영은 손사래를 치며 고개를 저었다.

"어휴. 그건 제가 아니라 독고가주님이 하셔야지요."

"참나! 자네가 주인공인데. 에라, 모르겠다. 내가 하지."

그가 양손을 번쩍 들고 허공을 향해 외쳤다.

"우리가 이겼다아아아!"

그 고함에 정파인들이 웃으며 고함을 질렀다.

"와아아아아!"

뭔가 맥 빠지긴 했지만 그래도 승리의 함성은 기분이 좋은 것이다.

조전후는 연신 고함을 지르며 무리 속으로 뛰어 들어갔다.

천류영은 그를 흘낏 보고는 나란히 있는 독고무영과 풍운을 향해 말했다.

"독고가주님, 부탁이 있습니다."

독고무영이 반색했다.

"뭔가? 뭐든지 말만 하게."

"제가 아무래도 마교의 척살 대상에 오를 것 같아서 말입니다."

천류영을 따라온 독고설이 환한 낯빛으로 입을 열었다.

"본 가로 오세요. 반드시 지켜 드릴게요."

천류영이 뒤통수를 긁적거리며 말했다.

"그럼…… 그렇게 신세를 져도 되겠습니까?"

독고무영이 함박미소를 지었다.

"그걸 말이라고 하는 건가? 자네를 평생 귀인으로 대접할 것이네."

"아! 다행이다. 고맙습니다, 정말 고맙습니다. 그리고 한 가지 청이 더 있는데…….”

독고설은 가슴이 두근거렸다.

천류영이 본 가로 오라는 자신의 말을 흔쾌히 받아들인 것이 기뻤다. 그래서 또 대화에 끼어들었다.

“말만 하세요. 청이 아니라 요구를 해도 돼요.”

그녀의 개입에 독고무영이 다시 웃음을 터트렸다.

“허허허. 네 말이 맞구나. 생명의 은인인데 부탁이라니. 요구를 하게. 해 줄 수 있는 것이라면 다 들어줌세.”

천류영이 고개를 돌렸다.

그의 시선이 닿는 곳.

풍운이 있었다.

풍운이 미간을 접으며 곤혹스러운 표정을 짓는 가운데 천류영이 씩 웃으며 말했다.

“풍운, 이 사람을 제 호위로 해 주시면 안 됩니까?”

2

창가로 들어오는 햇살과 바람은 온기를 품었다.

완연한 봄 날씨.

겨우내 을씨년스러웠던, 무채색의 후원에 꽃이 울긋불긋 피어났고, 나무에는 연한 녹음이 물들기 시작했다.

귀밑머리가 하얗게 센 초로인은 창밖에 펼쳐진 후원의

풍경을 잠시 보다가 앞의 탁자로 시선을 던졌다. 그 위에는 늦은 아침에 전서구로 도착한 서신이 펼쳐져 있었다.

벌써 스무 번은 읽은지라 내용을 다 암기한 상태였다.

질릴 만도 했건만 초로인은 다시 서신에 적혀 있는 내용을 하나씩 꼼꼼히 보았다.

사천 분타를 빼앗기고 아미파까지 궤멸에 가까운 피해를 보았다. 그리고 쟁쟁한 고수들의 사망과 중상.

심각한 내용이 줄줄이 적혀 있건만 초로인은 한 인물에 대한 내용만 중점적으로 살폈다.

"싸움 전날까지 쟁자수였던 인물이라……. 천류영, 천류영……."

그는 처음 서신을 읽었을 때와 똑같이 곤혹스러운 표정을 드러냈다.

초로인은 윤기가 자르르 감도는 비단 학창의를 입고 반백의 머리는 남색 관건(冠巾)으로 깔끔하게 정리했다.

신고 있는 백말자(白韈子. 흰 버선)와 자줏빛 가죽신까지, 그가 걸치고 있는 것은 모두 최상품이었다.

작은 눈에 약간 휜 매부리코는 날카로운 인상을 주었는데 올라간 입꼬리와 둥그런 턱 선은 인심 좋은 사람처럼 느껴지게도 했다.

얼굴의 상관과 하관은 분명 어울리지 않는데 전체적으로 보이는 인상은 묘하게 조화를 이뤘다.

무림맹의 총군사, 제갈천(諸葛天).

이것이 그의 직위이고 이름이다.

무림맹주 검황(劍皇) 단백우와 함께 무림맹을 이끌어 가는 인물이고, 정파 팔대세가 중 하나인 제갈세가의 가주가 그의 형이다.

세인들은 그를 가리켜 무림 최고의 천재 책사라고 부르는 데 주저함이 없었고, 또한 그는 그렇게 인정받을 만한 업적을 숱하게 남긴 인물이었다.

그의 나이 오십넷.

이 초로의 천재 책사는 지금 일면식도 없는 천류영이란 청년에게 패배 의식을 느끼는 중이었다.

만약 자신이 그 자리에 있었다면 아미파로 위장한 간자를 간파할 수 있었을까? 또한 계속 이어지는 천류영의 행보처럼 자신이 판단하고 실행할 수 있었을까?

수십, 수백 번을 생각해 보아도 회의적이었다.

당시 천류영이란 청년이 보여 주었다는 판단력은 그에게 충격을 넘어 불신까지 안겨 주었다.

"천류영이라……."

제갈천은 고개를 돌려 창밖의 후원을 보았다.

마흔 중반으로 보이는 사내가 오고 있는 모습이 보였다.

하지만 실제 그의 나이는 예순다섯.

큰 키에 약간 야윈 체형의 그는 상당한 미남자였다. 사실 그가 한창 젊었을 때는 숱한 염문을 뿌리고 다니기도 했었다.

무림맹의 맹주인 검황, 단백우(端伯宇)다.

둘의 눈이 마주치자 제갈천이 먼저 목례를 했다. 그러자 단백우가 인사를 받고는 외쳤다.

"총군사, 날도 화창한데 이리 나오게나."

담담하게 외치는 것 같은데도 목소리에 힘이 넘쳤다.

"예, 잠시만 기다리십시오."

제갈천은 빠르지도 그렇다고 느리지도 않게 후원으로 나갔다.

단백우는 뒷짐을 지고 있다가 제갈천이 다가오자 입을 열었다.

"사천은 어떻게 될 것 같은가?"

거두절미하고 요건부터 내미는 단백우다. 복잡한 것을 싫어하는 그의 성격이 이 한마디에서도 잘 드러났다.

제갈천이 그의 옆에 나란히 섰다.

"사천에서 온 서찰은 보셨습니까?"

외부에서 무림맹으로 상달되는 중요한 정보는 맹주와 총군사에게 동시에 전해진다.

"보았네."

제갈천은 짤막하게 대구하는 단백우의 입가에 어린, 희

미하지만 엷은 미소를 보았다.

사천 분타를 빼앗겼으며 현무단이 상당한 피해를 입었다. 또한 아미파가 십 년간 봉문을 선언하기까지 했다.

초조하고 비통해야 마땅하건만 단백우는 전혀 그런 기색이 아니었다.

제갈천은 그 이유를 잘 알고 있었다.

맹주는 삶의 목표가 분명했다.

첫째, 강해지는 것.

둘째, 입신양명(立身揚名).

즉, 가장 강한 무인으로서 자신의 이름을 세상에 떨치는 것.

사실 이 두 가지 삶의 목표는 단백우뿐만 아니라 대부분의 무인들이 꿈꾸는 것이다.

다만 그는 유달리 명성에 집착하는 경향이 있었다.

제갈천은 그 이유를 누구보다 잘 알고 있었다.

맹주 단백우는 전형적인 입지전적인 인물이었다. 촌구석의 보잘것없는 작은 문파에서 태어나 정파의 십대고수까지 올라섰다. 그리고 무림맹의 맹주 자리까지 꿰찼다.

흔한 말로 개천에서 용이 난 셈이다.

세인들은 배경이라는 후광도 없이, 오로지 스스로의 힘으로 최고의 자리까지 올라간 단백우를 칭송했다.

그러나 인생 역전을 성공한 이들이 종종 초조함을 느끼

듯이 단백우도 마찬가지였다.

그는 무림의 대방파나 명문가로부터 진정으로 인정을 받았다고 생각하지 않았다.

무림맹주라는 자리도 대방파들이 서로를 견제하느라 배경이 없는 단백우가 차지했던 것이다.

검황 단백우.

그는 지금의 출세, 명성만으로 만족하지 않았다.

무림의 상층부에 있는 명문 문파의 명숙들에게 진심 어린 인정을 받고 싶었다. 더 나아가 그들을 호령하고 싶은 야심까지 흉중에 똬리를 틀고 있었다.

즉, 그는 패왕의 별을 꿈꾸고 있었다.

제갈천은 잠시 침묵하다가 입을 열었다.

"사천은 당분간 대치한 채 별다른 움직임이 없을 겁니다."

단백우가 이해할 수 없다는 표정으로 고개를 갸웃거리며 물었다.

"하지만 마교와 흑천련이 사천 분타를 점령한 이유는 중원 침공이 목적일 텐데?"

"그렇지요. 하지만 사천 분타를 획득한 이후의 싸움에서 저들은 적지 않은 손실을 입었습니다. 여기에서 자칫 성급하게 움직였다가 패배라도 하게 되면 힘들게 빼앗은 사천 분타를 내놓고 물러서야 하니 신중하게 움직일 겁니다."

마교도는 영광이 퇴색된 승리를 했고, 정파는 패배했으나 체면치레는 했다.

이게 사천성에서 벌어진 싸움의 요약이다.

단백우는 몇 차례 입술을 깨물다가 속내를 밝혔다.

"내가 직접 사천으로 가는 건 어떨까?"

제갈천이 비릿한 미소와 함께 고개를 저었다.

"시기상조입니다. 무릇 호랑이는 쉬이 몸을 움직이지 않는 법입니다."

제갈천이 생각할 필요도 없다는 듯이 단언하자 단백우의 미간에 주름이 맺혔다.

"설마하니 내가 사천에 갔다가 자칫 실수로라도 마교도에게 당할까 걱정하는 것인가?"

"설마요? 제가 어찌 그런 황망한 생각을 하겠습니까?"

제갈천이 손사래까지 쳤지만 단백우는 언성이 높아졌다.

"그렇다면 흑도의 무리가 노골적으로 중원 침공의 야욕을 드러내고 사천 분타까지 점령했는데, 명색이 무림맹주인 내가 가만히 있어야 한단 말인가?"

제갈천이 콧잔등을 문지르다가 답했다.

"세 가지 이유가 있습니다. 첫째, 마교의 교주인 뇌황이 왔어야 맹주님께서 출정할 명분이 생깁니다. 지금 맹주님께서 사천으로 간다는 것은 소 잡을 칼로 닭을 잡는 격이지요."

"자네 말도 일리는 있네. 하지만 둑에 작은 구멍이 생겼을 때 미리 처리하는 것이 좋지 않겠나?"

어지간하면 총군사의 말을 따르는 단백우다.

그러나 이번에는 달랐다. 그만큼 나아가 전공을 세우고 싶은 것이다.

"둘째, 당문세가가 반기지 않을 겁니다."

제갈천이 언급한 두 번째 이유에 단백우는 결국 쓴웃음을 깨물었다. 확실히 이번의 지적은 타당성이 있었다.

강력한 힘을 가진 당문세가는 무림맹의 전격적인 도움을 바라지 않을 공산이 컸다.

"그렇군. 자네가 공들여 정파 쪽으로 돌아서게 한 당문은 이번 기회에 자신들의 역량과 위상을 정파 무림에 알리고 싶겠지."

당문세가의 또 다른 이름은 공포다.

거칠 것이 없다는 검황 단백우조차 당문과 악연을 맺거나 불편한 관계를 만들고 싶은 생각은 손톱만큼도 없었다.

"그렇습니다. 마교 소교주가 이끄는 이천의 대군이 합류했다고는 하나, 결코 당문의 적수는 아닙니다. 상황이 이러한데 맹주께서 사천으로 나서는 것은…… 당문세가로 하여금 자신들을 믿지 못하는 것 아닌가 하는 불쾌감을 느끼게 할 것입니다."

단백우는 아쉬운 표정을 접고는 기지개를 펴며 말했다.

"생색이나 내려는 것으로 보겠지. 맞아, 그렇군. 어쩔 수 없지. 그런데 세 번째 이유는 뭔가?"

"서찰을 보셨다니 아시겠지만 이번 싸움에서 돋보인 두 사람을 주목할 필요가 있습니다. 그들의 역량을 제대로 판단한 다음에 움직이셔도 늦지 않습니다."

"두 사람?"

"천마검 백운회, 그리고 천류영이란 청년 말입니다."

단백우는 어이없다는 표정으로 눈살을 찌푸렸다.

"천마검은 이제 겨우 스물아홉의 풋내기가 아닌가? 그 새파란 애송이를 내가 주목해야 한다는 말인가?"

"천마검은 사천 분타를 거의 피해도 없이 점령했습니다. 그가 새외 무림에서 활약했다는 소문들이 거짓이 아니라는 것을 스스로 증명한 것이지요. 그렇다면 우리는 결코 그를 만만하게 보아서는 안 됩니다. 또한 그는 오백 년간 잠들어 있던 천마동에서 유일하게 살아나온 인물입니다."

제갈천의 말에 단백우의 미간에 잡힌 주름이 깊어졌다.

"자네도 늙는 건가? 신중함이 지나쳐. 천마동이 아니라 염라국에 갔다 왔더라도 아직 서른도 되지 않은 녀석이야. 그 녀석과 내 칼의 무게는 차원이 다르지."

"……."

"만약 사천 분타주 자리에 철혈 맹천후가 아닌 내가 있었더라면…… 천마검은 내 검에 반으로 쪼개졌을 것이네. 그럼 사태가 이 지경으로 번지지도 않았겠지."

그의 자신감 넘치는 어조에 제갈천이 진득한 미소를 흘렸다.

"맹주님께서는 겨우 사천 분타에 머물 분이 아니잖습니까?"

노골적인 아부다.

그러나 아첨이라도 진실이라면 성격이 달라진다. 응당 받아야 할 덕담이고, 칭찬이 되는 것이다.

"그건 그렇지."

"어쨌든 지금 사천 무림은 당문세가를 중심으로 움직이면 별문제가 없을 겁니다. 마교주 뇌황이 직접 움직이거나 추가 지원군이 개입하지 않는 이상에 말입니다."

단백우는 고개를 돌려 제갈천을 보며 말했다.

"그러고 보면 자네는 참으로 무서운 사람이네. 사천 무림이 위험할 수도 있다는 생각에 당문세가에 지난 일 년 동안 공을 들인 것인가?"

백도 무림과 흑도 무림의 중간에서 어느 쪽에도 속하지 않고 독자적인 길을 고집하던 당문세가다.

무릇 무림에서 한 단체가 살아가려면 정파나 사파 혹은

마도의 길을 선택해야 한다.

백인백색(百人百色)이니, 각자가 지향하는 것이 다르더라도 이 불문율을 따라야 했다.

바로 현실적인 문제로 그렇다. 즉, 사문이 위기에 빠졌을 때 도움을 요청할 우군이 필요하기 때문이다.

그러나 당문은 도산검수, 복마전의 무림에서 홀로서기를 할 수 있는, 그야말로 몇 안 되는 능력 있는 곳이었다.

제갈천은 겸손하게 대꾸했다.

"마교가 새외 무림을 장악해 흑천련을 세우지 않았습니까? 그러니 최소한의 대비는 필요하다고 여겼을 뿐입니다. 당연히 제가 해야 할 일을 한 것이지요."

"허허허. 그 당연한 것을 다른 명숙들은 무시했으니 하는 말이지. 어쨌거나 이번 일로 인해 자네의 선견지명(先見之明)이 다시 주목을 받겠군."

정파 무림은 그 어느 때보다 전성기를 구가했다. 특히 대방파들은 서로 세(勢)불리기 경쟁을 하고 있었다. 그래서 마교의 움직임이 심상치 않았지만 정파의 문파들은 변방의 마교보다는 내부의 동료를 더 견제했다.

마교가 침공하면 언제라도 힘을 합쳐 막아 낼 수 있지만, 내부의 칼은 감당하기 어려운 법이니까.

제갈천은 자신을 바라보는 단백우를 마주보며 진지한 어조로 말문을 뗐다.

"맹주님, 천류영 말입니다. 어떻게 생각하십니까?"

단백우는 다시 천류영을 언급하는 제갈천을 보며 흐릿한 미소를 지었다.

"솔직히 감탄했네."

"저 역시 마찬가지였습니다. 만약 그 청년이 아니었더라면 정파무림의 체면은 완전히 구겨졌을 겁니다."

"호오, 총군사가 인정할 정도라니. 하긴 그럴 만도 하지. 그 청년이 큰 공을 세웠어."

"맞습니다. 천류영은 아미파의 간자를 알아내는 것부터 시작해서 긴박하게 돌아가는 전황 속에서 최선의 선택만 했습니다. 그건 설사 저라도 불가능했을 겁니다."

단백우는 몸을 틀어 제갈천을 정면으로 보았다.

"허허허. 자네를 능가하는 천재 책사의 출현이라고 말하고 싶은 건가? 아니면 그를 제자로 거두고 싶은 건가?"

제갈천의 눈에 기광이 스쳤다.

"제가 드리고 싶은 말은 그런 것이 아닙니다."

단백우는 제갈천이 매우 심각한 표정으로 말하는 것에 주목하며 자신도 진지해졌다.

"그럼 하고 싶은 말이 뭔가?"

제갈천은 입술을 우물거리며 쉬이 답하지 않았다. 그러자 단백우가 답답하다는 듯이 재촉했다.

"대체 무슨 말을 하려고 이리 뜸을 들이는가?"

그제야 제갈천의 입술이 열렸다.

"천류영이 마교의 간세일 가능성을 말하고 싶은 겁니다."

"……!"

단백우는 기함했다.

너무 놀라 잠시간 말문을 잃었다가 고개를 저으며 입을 열었다.

"하지만 천류영은 표국에서 칠 년간 쟁자수로 일했다는데……."

"과거의 전력을 무시할 수는 없지만 그렇다고 맹목적으로 믿었다가는 자칫 진실을 놓칠 수도 있는 법입니다. 솔직히 그가 천마검에게 포섭됐을 수도 있는 것 아니겠습니까?"

"음……."

"천류영이 검봉 독고설과 전날 밤에 인연이 닿았고, 또 하필 아미파의 간자가 나타났을 때 그 자리에 있었다는 건…… 우연의 연속입니다."

단백우는 눈을 빛내며 고개를 끄덕였다.

"이어지는 우연은…… 필연일 수도 있지."

"예. 계획된 것일 수 있습니다. 일개 짐꾼이었던 자가 그리 놀라운 혜안을 가졌다는 건…… 저로서는 쉬이 납득이 되지 않습니다. 물론 세상에 기인이사들은 많지요.

하지만 그가 보여 준 것은 그 선을 한참 넘었습니다."

기실 제갈천의 이러한 의심은 무림맹의 군사로서 당연히 할 수 있는 것이다.

또한 천류영이 보여 준 것이 너무 대단한 터라 의심을 안 하면 오히려 그것이 이상할 정도였다.

무림은 칼부림만 난무하는 곳이 아니다.

음모귀계가 판을 치는 곳이 또한 무림.

그렇기에 제갈천의 말은 단백우에게 꽤나 설득력 있게 다가왔다.

3

제갈천이 추측을 넘어 확신하는 어조로 말하자 단백우는 수염을 쓰다듬으며 고개를 끄덕였다.

"그럴 수도 있겠군. 그렇다면 천류영이 신통할 정도로 모든 것을 다 꿰뚫고 있었던 것이 이해가 가. 하지만 그렇다고 모두 납득이 가는 건 아니네. 천류영이 적의 간자라면 왜 우리를 돕지?"

제갈천이 묘한 미소를 입가에 걸쳤다.

"작은 것을 주고 큰 것을 얻으려는 속셈일 수도 있지요."

"큰 것을 얻는다?"

"앞으로 천류영에 관한 소문은 사천 무림을 넘어 천하로 퍼져 나갈 겁니다. 마교의 명장인 천마검을 세 치 혀로 물러나게 한 천재 책사라 불리게 되겠지요. 또한 전멸했을 아미파를 비롯해 곤륜과 독고세가, 그리고 현무단을 구한 영웅으로도 유명세를 탈 겁니다."

"그렇겠지. 확실히 이번 사천에서 가장 뛰어난 공적을 세운 자는 천류영이니까."

단백우의 음성에서는 왠지 질투가 느껴졌다.

제갈천은 명성에 집착하는 그를 잘 알기에 속으로 실소를 머금고는 말했다.

"유명세를 바탕으로 천류영 주변에 정파인들이 몰린다면…… 그는 힘을 갖게 됩니다. 그 힘을 가지고 결정적인 순간에 배신을 하게 된다면……."

제갈천은 말꼬리를 흐렸다.

그러나 단백우는 신음을 흘리며 아연한 표정을 지었다.

"우리는…… 지대한 타격을 받겠군. 그래, 충분히 가능성이 있는 얘기네. 총군사, 그럼 우리는 어떻게 하는 것이 좋겠나?"

제갈천은 다시 콧잔등을 문지르며 답했다.

"천류영이 간자라는 것은 아직까지는 추측일 뿐입니다. 하지만 가능성이 있는 만큼 대비를 해야지요. 천류영, 그를 더 적극적으로 띄어 주고 힘을 실어 주는 겁니다."

단백우의 눈썹이 위로 치켜 올라갔다.

"간자일 가능성이 농후한데도 말인가?"

"예. 그자에게 백현각(百賢閣)의 사군사(四軍師) 자리를 부여하겠습니다."

백현각은 무림맹의 책사들이 일백여 명 가까이 있는 곳이다. 총군사 제갈천이 그곳의 수장인 백현각주였다.

지금 제갈천은 천류영에게 백현각의 일백여 책사들 중에서도 서열 사위의 사군사 자리를 주겠다는 것이다.

총군사, 좌군사, 우군사 다음의 자리.

단백우가 눈을 부릅뜨며 질겁했다.

"천류영이 만약 간자가 아니라고 하더라도, 그리고 그가 세운 공이 크다고 하나 그 정도까지는 아니라고 보네. 너무 파격적이지 않은가? 물론 백현각의 일은 자네 소관이지만…… 너무 과하다는 생각이 드는군."

"사천 분타를 빼앗긴 지금 우리에게는 그것을 상쇄할 영웅이 필요합니다. 사군사 자리 정도는 되어야 세인들이 더 열광하며 사천 분타를 빼앗긴 굴욕을 잊을 수 있습니다."

"그건 그렇지만……."

"그뿐만 아니라 사천에 남은 현무단. 그리고 지금 귀주 분타에 파견 나가 있는 백호단을 당분간 천류영의 직속부대로 투입하겠습니다."

"……!"

"현무단과 백호단은 천류영의 임시 수하가 되겠지만, 실제로는 일거수일투족을 감시할 것입니다. 당문 문주에게도 천류영이 간자일 가능성이 있다는 것을 알릴 테고요."

단백우가 그제야 이해가 간다는 듯이 고개를 끄덕였다.

"호오! 그런 뜻이었나?"

"또한 지금 낙양에 있을 우군사(右軍師)도 사천으로 파견하겠습니다."

"후후후. 이중, 삼중으로 감시를 하겠다는 뜻이군."

"사소한 실수라도 있으면 안 되니까요. 만약 천류영이 간자라면 말입니다. 또한 천류영뿐만 아니라 마교를 상대함에 본 맹으로써 최소한의 도움을 주는 게 될 것입니다. 당문의 자존심을 건드리지 않는 선에서 말이지요."

단백우가 피식 하고 웃었다.

역시 제갈천이란 생각이 들었다.

만약 천류영이 마교의 간자라면 계속해서 마교와의 최전선에서 싸워야 하는 일에 곤혹스러워할 것이다.

그렇다고 우군사가 함께 있는데 적당한 선에서 빠지는 것은 불가능할 것이다. 십중팔구 우군사가 그렇게 만들 것이다.

그리고…… 천류영이 당문이나 정파를 배신한다면 그의

목을 우군사나 현무단주가 칠 것이다. 아니면 당문의 독에 한 줌 혈수로 녹아들 수도 있을 것이다.

더 나아가 우군사는 천류영이 간자인 것을 역이용해 마교와의 싸움에 어떤 성과를 도출할 수도 있었다.

천류영.

그자가 간자가 아니라면…… 능력을 다시 한 번 점검하는 계기가 될 것이다.

사천에서의 일이 요행이 따른 것이었는지, 아니면 진짜 엄청난 천재 책사의 탄생인 것인지 말이다.

맹주와 총군사는 서로 얼굴을 마주 보며 미소 지었다.

그러나 무림 최고의 천재라고 불리는 제갈천도 자신의 이번 결정이 어떤 결과를 불러일으킬지는 전혀 상상도 하지 못했다.

또한 그는 천마검의 능력을 인정하고 경계했으나, 여전히 과소평가하고 있었다. 그건 돌이킬 수 없는 실수로 돌아오게 되지만 신(神)이 아닌 그로서는 알 수 없는 일이었다.

*   *   *

무림맹의 사천 분타였다가 이제는 천마신교의 분타가 되어 버린 요새 위로 저녁 노을이 물들었다.

천마검 백운회는 이번 싸움에서 죽어 간 사람들을 위한 작은 사당을 분타의 구석에 세우고 그곳에서 며칠간 기거했다.

닷새 전 소교주가 이천의 대군을 이끌고 당도했을 때, 한 번의 수뇌부 회의를 한 것 외에는 사당 안에서 두문불출했다.

눈을 감고 무언가 생각에 골몰하던 백운회는 밖에서 이는 소란에 살짝 이맛살을 찌푸렸다.

흑랑대의 일조장 몽추와 이조장 파륵의 거친 목소리가 안으로 파고 들어왔다.

"천랑대주님을 뵙게 해 주시오."

"지금 당장 천랑대주님을 뵈어야 한단 말이오."

그들을 만류하는 관태랑 부대주의 목소리도 들렸다.

"대주님께서 아무도 들이지 말라 하셨습니다. 돌아가십시오."

작은 실랑이가 벌어지는 가운데 백운회는 사당 문을 열고 나섰다.

그가 모습을 드러내자 몽추와 파륵이 달려와 무릎을 꿇었다.

"천랑대주님!"

"도와주십시오."

둘의 심상치 않은 표정에 섬돌 위에 놓인 신을 신던 백운회가 고개를 갸웃거렸다.

기실 백운회는 흑랑대의 두 조장이 온 이유가 초지명의 의식이 돌아와서 그것을 알리기 위해서라고 생각했다.

하지만 둘의 얼굴에 어린 표정은 비장했다.

"무슨 일이지?"

그의 물음에 파륵이 먼저 입을 열었다.

"우리 대주님을 구해 주십시오!"

파륵의 외침에 백운회의 굵은 검미가 꿈틀거렸다.

"많이 위독한가? 하지만 나는 의원이 아니라……."

그의 말허리를 파륵이 잘랐다.

"그게 아닙니다. 우리 대주님은 어제 의식을 차리셨습니다."

"다행이군. 워낙 부상이 심해서 걱정했는데……."

이번에도 백운회의 말을 파륵이 중간에 삼켰다.

"천랑대주님. 그것이 아니라……."

보다 못한 관태랑이 차가운 음성으로 나섰다.

"무엄하오. 예를 갖추시오."

파륵이 순간 찔끔했다. 그러나 그는 다시 분개한 목소리로 말했다.

"지금 그 빌어먹을 예를 따질 때가 아니잖소?"

몽추가 맞장구를 쳤다.

"천랑대주님. 지금 소교주께서 우리 대주님을 벌하시려

합니다. 제발 만류해 주십시오."

백운회의 얼굴에 어이없다는 기색이 떠올랐다.

"소교주가 흑랑대주를 벌해? 무슨 이유로? 무슨 자격으로?"

관태랑이 한숨을 삼키고 말했다.

"이번 패배의 책임을 묻는다는 명목으로 태형 백 대를 명했습니다."

태형 일백 대!

성한 사람도 죽을 수 있는 형벌이다.

하물며 심각한 중상에서 어제 깨어난 사람에게 곤장 백 대라면 제아무리 흑랑대주라도 죽음을 피할 수 없었다.

백운회의 오른뺨에 있는 검상이 분노로 인해 꿈틀거렸다.

"흑랑대주가 있는 곳으로 앞장서라."

몽추와 파륵이 반색했다.

그러나 관태랑은 안타까운 눈빛으로 입술을 깨물었다가 말했다.

"대주님, 소교주 단독으로 내린 결정이 아닙니다. 함께 온 본 교의 혈사제 태상장로님, 황마객, 몽혈비 장로님, 그리고 흑천련의 마불 부주지와 사혈강 궁주 다섯 분이 모두 동의했습니다."

"......!"

백운회의 눈동자가 흔들렸다.

그는 관태랑이 왜 이러한 일을 보고하지 않았는지 간파했다.

소교주와 자신은 마교의 대권을 놓고 경쟁하는 관계로 사이가 좋지 않았다.

이러한 때 태상장로를 포함한 두 분의 장로, 더 나아가 소뇌음사의 부주지인 마불과 사황궁의 궁주인 사혈강이 함께 내린 결정을 홀로 반대하다가 불이익을 당할까 저어한 것이리라.

몽추와 파륵이 머리를 조아리며 눈물을 쏟아 냈다.

"염치가 없는 줄 압니다. 천랑대주님이 곤경에 처할 수 있다는 것도 압니다. 그래도…… 저희가 기댈 수 있는 분은 천랑대주님밖에 없었습니다."

몽추의 말을 파륵이 이었다.

"도와주십시오. 우리 대주님이 이리 허망하게 가면 안 되는 분이라는 것을 아시지 않습니까? 오로지 본 교를 위해 평생을 바친 분입니다."

그 둘의 말을 관태랑이 냉정하게 받았다.

"나 역시 흑랑대주님을 존경합니다. 하지만 우리 대주님이 반대를 한다고 해도 막을 수 없음을 두 분들도 잘 알지 않습니까? 교주님이 계시지 않은 수뇌부 회의의 안건은 다수결로 결정된다는 것을 모르지 않으면서 이리 억지를 부리시면 어떻게 합니까?"

천마검 백운회는 천마신교와 흑천련의 수뇌부 회의에 항상 참석했다.

장로급 이상이 아닌, 유일하게 무력 집단의 일개 장수로 참가할 수 있는 것이다.

그건 백운회가 천마동에서 천마 조사로부터 사사를 받은 것으로 인정되기에 따르는 특혜였다.

기실 천마신교에서 가장 막강한 권력을 가지고 있는 인물은 교주였으며, 둘째로는 마교의 태상장로들이 있는 원로회였다. 그다음으로 장로들과 백운회가 동등한 서열로 인정되고 있었다.

관태랑은 가뜩이나 천마검이 소교주와 견원지간인데, 장로들과 나쁜 관계를 형성하지 않기를 바랐다. 또한 흑천련의 대표도 두 명이나 끼어 있었기에 더더욱 그랬다.

비록 사천성 점령의 임무를 가진 사령관은 천마검이었지만, 그는 교주가 아니다.

그렇기에 이곳에서의 모든 안건은 수뇌부 회의에서 다수결로 처리되는 것이다.

관태랑의 차가운 말에 몽추와 파륵은 고개를 떨구고 눈물만 삼켰다. 백운회는 그들의 모습을 일견하고는 관태랑에게 말했다.

"앞장서라."

몽추와 파륵이 다시 반색한 반면 관태랑은 한숨을 삼켰다.

대주의 음성은 견고했다. 그렇다면 자신이 무슨 말을 한다고 하더라도 꺾을 수 없다는 것을 잘 알고 있었다.

"알겠습니다. 그리고…… 천랑대를 준비시키겠습니다."

혹여 무력 충돌의 사태를 대비하겠다는 것이다. 사실 정말 시비가 붙어 무력 충돌로까지 번진다면…… 승산은 전무했다.

지금 천랑대에서 부상을 입지 않고 건재한 이들은 삼백 오십여 명.

그러나 소교주는 정예 이천을 이끌고 왔다. 또한 상대에는 대마두들이 여럿 있었다.

하지만 곰곰이 생각해 보면 전혀 승산이 없는 것도 아니란 생각이 얼핏 들었다. 소교주가 데려온 이들 중에서도 천마검을 속으로 흠모하는 이들이 적지 않게 있을 테니까.

백운회는 고개를 저었다.

"불가(不可)하다. 이곳을 제외한 사천의 모든 곳에 정파인들이 가득하다. 그들이 이곳을 호시탐탐 노리고 있을 것인데, 자중지란이란 있을 수 없는 일이야."

"하지만……."

"나 혼자면 된다. 네가 앞장서지 않겠다면 내가 가지.

어디인지 알 것 같으니까."

백운회가 걸음을 옮겼다. 그러자 몽추와 파륵이 관태랑의 눈치를 살피며 백운회의 뒤로 따라붙었다.

관태랑은 짙은 한숨을 뱉으며 고개를 절레절레 젓고는 이내 피식 웃었다.

그리고 그도 백운회를 따랐다.

흑랑대주 초지명은 등허리를 꼿꼿이 펴고 계단 위에서 내려다보고 있는 소교주와 수뇌부를 보며 말했다.

"나에게 모욕을 주지 마십시오. 그냥 죽이십시오."

핼쑥한 안색의 초지명은 금방 쓰러져도 전혀 이상할 것 없이 위태위태했다.

그러나 그의 하나 남은 눈은 뜨거운 열기를 담고 있었다.

마교 소교주, 마룡지옥(魔龍之玉) 뇌악천(雷惡天).

마흔세 살의 그는 핏빛이 연상되는 새빨간 머리카락을 지녔다. 날카로운 도끼눈을 가진 그는 주변의 수하들에게 명을 내렸다.

"뭣들 하는 것이냐? 태형으로 다스릴 죄인이다. 어서 교판(較板)에 엎드리게 하라!"

그의 말이 끝나기 무섭게 초지명이 버럭 외쳤다.

"나는! 결코 이따위 모욕을 당할 죄를 저지른 적이

없습니다!"

뇌악천이 키득거리며 웃다가 말했다.

"염치도 없는 것이냐? 너의 잘못된 판단으로 인해 네 수하들이 많이 죽었다. 그로 인해 단숨에 사천 지역을 장악하려는 우리의 계획에 차질이 불가피해졌지. 이래도 죄가 없다고 말하는 건가?"

"책임을 회피하려는 것이 아니외다. 내가 말하고 싶은 건, 나는 평생을 본 교를 위해 야전에서 살았습니다. 그런 내가 죽어야 할 곳은 전장이지, 이따위 나무쪼가리 위에서가 아닙니다. 모욕을 줄 바에야 그냥 죽이십시오!"

"크크큭. 너를 태형으로 다스려 군율을 추상같이 세울 것이다. 만약 도중에 죽는다면 네 머리통을 깃대에 꽂아 효수하여 패장의 책임을 엄히 묻겠다는 수뇌부의 의지를 모두에게 알릴 것이다."

뇌악천은 다시 수하들에게 명을 내렸다.

"당장 저 죄인을 교판에 눕혀라! 명을 따르지 않으면 내 너희의 목부터 치리라!"

그의 서슬 퍼런 명에 초지명의 주변에서 눈치를 보던 이들이 급히 허리를 숙이며 외쳤다.

"존명!"

여섯 사내들이 초지명에게 달라붙었다.

그 순간 주변을 빙 두르고 구경하던 마교도들의 뒤에서

굵직한 목소리가 파고들었다.

"흑랑대주에게서 손을 떼라."

그리 크지도 않은 담담한 음성이다.

그러나 그 목소리는 허공을 울리며 주변으로 퍼져 나갔다.

마교도들의 얼굴이 흠칫하며 굳었다.

천마검 백운회였다.

목소리가 나온 곳 앞에 있던 마교도들이 황급하게 몸을 비켜 길을 틔웠다.

물러서는 그들의 얼굴에는 한숨이 가득했다.

소교주와 천마검.

둘의 앙숙 관계는 교 내에서 모르는 사람이 없었다.

백운회는 초지명에게 다가가서는 싱긋 웃으며 말했다.

"어제 의식을 차렸다는 말을 방금 전해 들었소."

초지명에게 달라붙었던 여섯 사내들이 백운회와 뇌악천의 눈치를 살피며 슬금슬금 물러났다.

소교주의 명이 무섭기는 했지만, 그렇게 따지면 천마검의 말은 더 무시할 수 없었다.

초지명은 백운회를 보고는 흐릿하게 웃었다.

"몽추에게 전해 들었습니다. 저와 제 수하들을 구해 주셔서 고맙습니다."

"조금만 늦었으면 천추의 한을 남길 뻔했소. 하루속히

쾌차해서 다시 전장의 창을 볼 수 있기를 기대하겠소."

백운회가 등장하면서부터 팔짱을 끼고 바라보던 뇌악천이 입을 열었다.

"흥! 명색이 사령관이란 인간이 상황이 암울해지자 숨어 있다가 이제야 나타나는 것이냐? 천마검, 네가 나설 자리가 아니다."

백운회는 고개를 돌려 뇌악천을 마주 보며 말했다.

"내가 분명 닷새 전에 모든 것을 다 얘기했을 텐데. 정파인들은 생각보다 강했다고. 특히 천류영이란 천재에 대해서 조심해야 한다고 말이지."

뇌악천은 이맛살을 찌푸렸다.

저 빌어먹을 천마검은 정말이지 모든 것이 마음에 들지 않았다.

특히나 자신에게 존대를 하지 않는 점도 늘 짜증스러웠다.

"그러니까 지금 우리를 궁지에 몰리게 한 패장의 죄를 묻는 것이 안 보이나?"

"패장의 죄를 물으려면 이미 고인이 된 흑귀도 마신랑 장로에게 물어야지. 왜 엄한 사람을 가지고 이 지랄을 떠는 거지?"

뇌악천의 도끼눈이 험악해졌다.

"지랄? 지금 네가 지랄이라고 한 것이냐?"

둘의 말다툼에 마교도들은 한숨을 삼키며 고개를 절레절레 저었다.

또 시작이라는 표정이었다.

"그럼 이 말도 안 되는 짓거리를 대체 내가 뭐라고 말해야 하는 거지? 너는 불과 닷새 전에 내가 했던 얘기들을 귓등으로 들은 건가? 그러지 않고서야 어떻게 이리 말도 안 되는 멍청한 짓을 할 수가 있는 거지?"

"하아! 천마검! 네놈이 정말……!"

뇌악천은 이를 바드득 갈고는 좌우에 나란히 서 있는 다섯 수뇌부를 향해 말했다.

"보셨습니까? 저놈은 단지 저에게만 반발하는 것이 아닙니다. 수뇌부인 우리를 통째로 욕하고 있는 겁니다."

백운회가 뇌악천을 향해 버럭 소리를 질렀다.

"뇌악천! 건방떨지 마라!"

"뭐?"

"내 눈을 똑똑히 보고 얘기하란 말이다. 징징거리면서 태상장로님을 비롯해 다섯 분들의 뒤에 숨어 그분들까지 함께 욕보이지 말고."

"이, 이런 개자식이……."

둘의 설전이 폭발 지경에 이르자 혈사제 태상장로가 나섰다.

예순여섯의 그는 백운회를 직시하며 말했다.

"천마검. 나 역시 지금 자네의 언행이 상당히 유감스럽고 불쾌하네. 우리는 사실 이번 판결에 대해 고민을 많이 했지. 하지만 책임을 질 사람이 필요하다는 건 자네도 한 무리를 이끄는 장수로서 모르지 않을 터인데? 사천 땅을 단숨에 점령하려던 우리가 지금은 정파인들에게 둘러싸인 꼴이 되어 버렸으니……."

백운회가 그를 향해 목례를 취하고는 답했다.

"그 결과가 본 교의 충신을 죽이는 겁니까? 삼십여 년을 본 교를 위해 야전에서 피땀 흘린 자를 죽이는 겁니까? 그렇다면 앞으로 누가 본 교를 위해 목숨을 바쳐 싸우겠습니까? 한 번의 작은 실패를 포용하지 못하는 수뇌부를 위해서 어떤 장수, 어떤 수하가 충성을 바치겠습니까?"

"천마검. 나는……."

"태상장로님, 아직 제 말이 안 끝났습니다."

"……!"

"흑랑대주는 저 대신 아군을 도우려고 출정한 겁니다. 그리고 죽어 간 동료들의 복수를 위해 싸웠습니다. 그 결과 흑랑대주는 자신의 눈까지 잃었습니다. 그런데 윗분들은 삼십 년 동안 잘 부려 먹다가 한 번의 패배로 흑랑대주 같은 충신을 버리겠다 이거 아닙니까?"

혈사제 태상장로는 노염으로 붉어진 얼굴로 차갑게 말

했다.

"천하일통을 이루기 위한 서전이었다. 중요한 싸움에서 패배한 장수에게 책임을 묻지 않는다면 본 교뿐만 아니라 흑천련의 동지들에게 면(面)이 서질 않아."

그의 말에 백운회는 한 발 물러서 묵묵히 지켜보고 있는 마불과 사혈강을 일견했다.

그리고 다시 혈사제를 보며 물었다.

"희생양이란 뜻입니까?"

혈사제가 눈살을 찌푸렸다.

"자네가 어떻게 받아들이던 상관없네. 우리는 이미 결정했고, 그 일은 번복될 수 없어. 이건 이곳의 수뇌부 명예와도 관련된 일이야."

백운회가 고개를 저었다.

"저는 사천성 점령을 책임진 사령관으로서 이번 결과를 받아들일 수 없습니다."

"자네는 이곳에서 사령관이지만, 교주님은 아니야. 수뇌부의 다수결에 의한 결정은 사령관이라도 따라야지. 무슨 말인지 모르겠나? 자네가 받아들이고 말고 할 문제가 아니란 뜻이네."

잠시 지켜보던 뇌악천이 끼어들었다.

"네놈의 방자함이 이제는 하늘을 찌르는구나! 내 아버지께서 너를 총애하니 네가 마치 교주라도 된 것 마냥 착각에 빠진 것이냐? 천마검! 네가 비록 천마동에서 살아나와 천마 조사님의 유지를 받드는 인물로 존중받는다지만……."

그의 말허리를 백운회가 끊었다.

"넌 빠져라! 흑랑대주와 내가 지난 십 년 동안 새외 무림을 돌아다니는 동안, 안방에서 호의호식하며 수련이나 한 네가 야전에서의 그 피 튀기는 치열함을 얼마나 안다고 지껄이는 거냐!"

"이 개자식이 정말이지……."

백운회가 다시 뇌악천의 말꼬리를 잘랐다.

"뇌악천! 자꾸 내 인내심을 시험하지 마라. 너…… 죽여 버리는 수가 있어."

"……!"

수뇌부뿐만 아니라 지켜보는 많은 이들이 눈을 부릅떴다.

〈『패왕의 별』 제3권에서 계속〉